RAY – DIE LETZTE HOFFNUNG
TEIL 1

Bibliografische Information der Deutschen Nationalbibliothek:

Die Deutsche Nationalbibliothek verzeichnet diese Publikation in der Deutschen Nationalbibliografie; detaillierte bibliografische Daten sind im Internet über http://dnb.de abrufbar.

Autor: William J. Jordan
c/o
Papyrus Autoren-Club,
R.O.M. Logicware GmbH
Pettenkoferstr. 16-18
10247 Berlin

Lektorat: Christine Hochberger, www.buchreif.de
Coverdesign: Bukovero, bukovero.com

INHALTSVERZEICHNIS

APSIS I – DAS ERWACHEN

Schreiben. Ich sollte schreiben, damit das Geschehen dieser Welt und meine sogenannten Erfahrungen für die zukünftigen Menschen, die politische, ethnische und geschichtliche Interessen besitzen, nicht in Vergessenheit geraten. Schreiben. Wörter die aneinandergereiht sind und die den Lauf meiner Geschichte in diesem endenden Dasein beschreiben sollen? Nun gut. Auch mit Widerwillen oder Wut ist es ein Versprechen, das ich ungern nicht einhalten würde. Vielleicht werde ich noch dankbar sein, meine Gedanken, Erfahrungen, Trauer oder wie man das sonst mit Worten erklären könnte, aufgezeichnet zu haben, um damit der Nachwelt Hoffnung zu schenken. Ich bin mir nicht sicher, wie ich beginnen soll, das Ausmaß der Geschehnisse zu beschreiben, um den Menschen der Nachwelt und allen zukünftigen Generationen ein Gefühl von Hoffnung zu vermitteln. Der Anfang vom allem, sollte Klarheit über die Umstände im Jahre 2112 schaffen, die ich als Wut, Trauer oder Hoffnungslosigkeit beschreiben kann. Die Menschen gingen zu weit und waren naiv, wie mein Vater mich gelehrt hatte.

Ich bin Ray, und somit nahm meine Geschichte ihren Lauf …

Ich erwachte hustend und keuchend, lag schweißgebadet in einem Bett. Die Sonne, die durch das eigenartige Fenster hereinschien, blendete mich. Alles um mich herum war unnatürlich hell. Weiß und unklar. Erst nachdem ich ein paarmal geblinzelt hatte, erkannte ich, dass das Zimmer einem medizinischen Labor entsprach. Ich war an Schläuchen angeschlossen, die zu einem Instrument führten, das wie ein Lebenserhaltungsgerät aussah. Mir wurde eiskalt und das Pochen meines Herzens übertönte das Geräusch meines hektischen Atems. Ich versuchte aufzustehen, zu fliehen. Doch ich war so schwach, dass ich nicht einmal meine Hand heben konnte. Auch Angst und Verzweiflung gaben mir nicht die nötige Kraft. Auf einmal hörte ich Schritte, die in meine Richtung kamen und immer lauter hallten, bis plötzlich die Tür aufging. Jemand mit Atemschutzmaske und in weißem Kittel huschte herein und übte ein paar rasche Handbewegungen auf einer dreidimensionalen Schaltfläche aus.

Mein Herzschlag verlangsamte sich, meine Lider wurden schwer und ich schlief ein. Als ich nach vermutlich einigen Stunden erwachte, war zu meinem Erstaunen die Lichtempfindlichkeit verschwunden, und ich spürte, dass zumindest ein wenig meine Kraft zurückgekehrt war. Mühsam stand ich auf, befreite mich von den Schläuchen und Kabeln, ging langsam zur Tür und wollte sie öffnen. Doch sie schwang von allein auf, obwohl der dreidimensionale Schalter neben der Tür rot blinkte. Ich stand für einen Augenblick wie erstarrt da, ehe ich mich überwinden konnte, auf den dunklen Flur hinauszutreten. Es war niemand zu sehen, aber am Ende des Gangs erkannte ich durch die Glastür ein lichtdurchflutetes Zimmer. Vorsichtig schlich ich darauf zu, sah mich immer wieder um, aber noch immer war niemand zu sehen.

Kurz darauf lehnte ich mich an die kahle Wand neben der Glastür und hörte die laute Stimme des Mannes, der mich letzte Nacht sediert hatte. Ich beuge mich etwas zur Seite und spähte in den Raum, ehe ich ihn leise betrat und mich hinter einen aufrecht stehenden Roboter versteckte.

„Die Zeit, es fehlt an Zeit", rief er jetzt, während er an einer dreidimensionalen Schaltfläche verschiedene Tasten drückte. Seine grau-weißen Haare standen ihm wirr vom Kopf ab.

Auf den zahlreichen Schalttafeln blinkten Tausende von Lichtern, überall lagen halb ausgefräste und zerstörte Maschinenteile herum.

Außerdem verliehen etliche Roboter, die gefühlt doppelt so groß waren wie ich, dem Raum etwas beängstigendes.

Der Mann wirbele weiterhin mit seinen Händen über die Tasten. „Unmöglich, das ist doch unmöglich", murmelte er dabei immer wieder vor sich hin. „Ich brauche Zeit, mehr Zeit!"

Ich riss mich nur mühsam von dem Anblick los, und wollte mich davonschleichen.

Plötzlich wurde es still in dem Raum.

„Ray bist du es", hörte ich im nächsten Moment. In diesem Augenblick wurde mir bewusst, dass ich keine Erinnerung an die Zeit hatte, bevor ich erwacht war.

Verwirrung erfasste mich — alles wiederholte sich. Mein Atmen wurde schneller, mein Herz pochte wild und das weiße Licht vor meine Augen wurde greller und greller. Ich fasste all meine verbliebene Kraft zusammen, stand auf und nahm die Rohrzange, die neben mir lag. „Wer sind Sie? Was wollen Sie von mir?", brüllte ich furchterfüllt. Im nächsten Augenblick wurde mir schwarz vor Augen. Als ich wieder zu mir kam und langsam die Augen öffnete, lag ich wieder auf dem Bett in dem Raum, aus dem ich geflohen war.

Neben mir saß der unbekannte Mann auf einem Stuhl, der ein paar Zentimeter über dem Boden schwebte.

„Guten Morgen Ray, bitte hab keine Angst. Ich werde dich nicht verletzten", sagte er mit einer angenehmen Stimme, die genau dem Gegenteil des schreienden und wild fuchtelnden Mannes entsprach.

„Wo bin ich hier, und wer sind Sie?"

Er zögerte und musterte mich. Dann wandte er sich einer Box zu – auch sie schwebte in der Luft. Mit einem Mal verwandelte sie sich in einen Computer, wie ich vermutete. Neugierig betrachtete ich die mir unbekannte Maschine. Meine verlorenen Erinnerungen machten es schwierig, das alles zu begreifen. Ich wusste nicht, was ich zuerst fragen sollte.

APSIS II – DIE
HIGHTECH-WERKSTATT

„Mein Sohn. Ich weiß, es wird schwer für dich sein, aber ich bin dein Vater".

Wortlos starrte ich ihn an, bevor ich mich aufraffen konnte, zu sprechen. „Wieso erinnere ich mich nicht an dich und an alles, was vor dem hier passiert ist?"

„Vielleicht ein instabiler Neuro-Trans-Verteiler …", murmelte er mit Blick auf den schwebenden Computer. Er richtete seinen ernsten Blick wieder auf mich. „Du musst dich ausruhen. Ich kann es leider nicht erklären, wieso du keine Erinnerung mehr hast. Dafür sind Tests notwendig, um die Aktivität in deinem Körper und Geist zu bestimmen und auszuwerten. Wir brauchen Zeit, und Zeit haben wir nicht", sagte er und wandte sich wieder dem Computer zu.

Krampfhaft versuchte ich, mich an meinen Vater zu erinnern. Es funktionierte einfach nicht.

„Ruh dich aus und fühle dich wie zu Hause", sagte der für mich fremde Mann, der mich jetzt wieder besorgt ansah. „Wir werden später miteinander reden. Hab keine Angst, du bist hier sicher. Wenn du möchtest, kannst du dich ruhig umsehen. Aber fass nichts an!", fügte er streng hinzu. Dann verließ er mit dem schwebenden Computer und dem schwebenden Stuhl im Schlepptau das Zimmer. „Wenn du Hunger hast lauf rechts die Treppen hoch ...", konnte ich ihn noch rufen hören, ehe es wieder still war.

Unsicherheit machte sich in mir breit. Dennoch war mir der Mann in seiner offenbaren Verrücktheit in gewisser Weise sympathisch und schenkte mir etwas Vertrauen. Vielleicht war er ja doch mein Vater und wollte mir tatsächlich helfen? Oder war ich nur ein weiteres Testobjekt in diesem unheimlichen Gebäude.

Das Licht, das mich blendete, entpuppte sich als Bildschirm, der ein dreidimensionales Fenster von der möglichen Außenwelt projizierte. Aus Neugier und Bewunderung, die ich damals für solche Geräte empfand, begann ich es zu untersuchen. Dabei stieß ich auf einen Sensor, die die Bilder des Bildschirms vom sonnigen Tag in eine Winterlandschaft umstellte. Die Schneeflocken schenkten mir eine innere Ruhe.

Später erfuhr ich von meinen Vater, dass dieses Gerät Open-World-Glasses genannt wurde, kurz gesagt OWO-Glasses.

Der Raum barg viel Ungewöhnliches, das ich staunend betrachtete und befühlte. Ich konnte mir meine seltsamen Empfindungen für diese Dinge nicht erklären, aber sie zogen mich magisch an. Über meinem Bett hing ein dreidimensionaler Bildschirm, der konstante Werte und Diagramme aufzeichnete, der Tisch war mit eigenartigen Gegenständen bestückt, die für mich keinen Sinn ergaben.

Als ich nach einer Weile Hunger verspürte, beschloss ich, die Küche aufzusuchen. Die Schaltfläche neben der Tür blinkte Grün. Ich drückte darauf und die Tür öffnete sich. Als ich den Flur betrat, ging automatisch ein Licht an.

Erneut blickte ich durch die große Scheibe in den lichtdurchfluteten Raum, in dem ich bewusstlos geworden war. Es schien keiner da zu sein. Mein knurrender Magen hielt mich jedoch davon ab, das Labor zu betreten. *Rechts die Treppe hoch,* hatte mein angeblicher Vater gesagt. Das konnte nicht so schwer sein. Ich drehte mich um, und folgte weiter dem Flur, bis ich auf eine Treppe stieß, die nach oben führte.

Ich stieg die Stufen hinauf und stand kurz darauf vor einer Tür. Hier gab es keine dreidimensionale Schaltfläche, aber einen sich hin- und herbewegenden Punkt auf dem OWO-Glasses.

„Willkommen, Herr Ray Heisenberg", erklang plötzlich eine weibliche Stimme.

Ich zuckte erschrocken zusammen und sah mich suchend um.

„An der Tür, Herr Heisenberg. Wie kann ich Ihnen zu Diensten sein?"

Erstaunt wandte ich mich wieder der Tür zu.

„Du bist aus Glas. Wie kannst du reden und wieso nennst du mich Ray Heisenberg?"

„Das Glas, Herr Heisenberg, ist nur mein virtuelles Erscheinungsbild, um mir den Umgang und die Kommunikation mit materiellen Wesen zu erleichtern. Ich bin eine künstliche Intelligenz die Daten über die Menschen, die Erde und das Universum besitzt, die der Wissenschaft dienen. Ihr Vater, Professor Morgan Heisenberg, hat mich zu diesem Zweck entwickelt und der weltweiten Wissenschaft zur Verfügung gestellt. Ich habe Sie gescannt und analysiert. Das Resultat stimmt mit den menschlichen Daten vom Professor und Dr. Beatrice Heisenberg überein."

„Meine Mutter! Meine Mutter ist auch hier?", fragte ich aufgeregt.

„Herr Heisenberg, ich habe keine Befugnis, Ihnen darüber Auskunft zu erteilen."

„Weißt du, wo meine Mutter ist?", fragte ich trotz ihrer eindeutigen Antwort.

„Wie gesagt, ich benötige die Befugnis von Professor Heisenberg."

„Öffnest du wenigstens die Tür, damit ich zur Küche gelangen kann?"

„Positiv, die Küche ist links den Flur entlang, Herr Heisenberg." Die Glastür fuhr blitzschnell in die Höhe.

Die Wände der Küche bestanden überwiegend aus mattem Glas. Ein langer Tisch und Stühle schwebten ein paar Zentimeter über dem Boden.

„Guten Tag, Herr Heisenberg", erklang es erneut.

„Du schon wieder." Stöhnend fuhr ich mir über die Stirn. „Es wäre schön, wenn du mich nicht immer so erschrecken würdest."

„Tut mir leid, das lag nicht in meiner Absicht. Das Menü für Sie wird automatisch, entsprechend Ihren fehlenden organischen und anorganischen Materialien, zusammengestellt. Bitte gedulden Sie sich einen Augenblick."

Plötzlich blinkte es an einer der Wände in allen Farben, kurz darauf öffnete sich eine bis dahin nicht erkennbare Tür an der gegenüberliegenden Wand. Schon schwebte ein

Tablett aus der Öffnung und steuerte auf mich zu. Ich stolperte zurück, wich aus und wäre beinahe hingefallen.

Das Tablett landete sanft auf dem schwebenden Tisch, erhob sich ein paar Sekunden später wieder, schwebte durch den Raum und verschwand in der Türöffnung, die sich sofort wieder schloss.

Zögernd näherte ich mich dem Tisch und erblickte in einem Glas ein grünes, blubberndes Getränk und daneben eine symmetrische, quadratisch perfekt geformte undefinierbare Mahlzeit auf einem gleichförmigen Glasteller. Dampf stieg von dem Gericht auf.

„Ihr Menü ist serviert, Herr Heisenberg."

„Das soll ein Menü sein? Ist das hier eine Küche für Roboter oder was?", fragte ich genervt.

„Ja, Herr Heisenberg, dies ist ein Menü. Probieren geht über studieren."

Selbst Sprichwörter hatte das Ding drauf. Seufzend schwang ich mich auf einen Stuhl, was mir zu meiner Verwunderung auf Anhieb gelang, nahm missmutig die Gabel und begann zu essen. Mit jedem Bissen schwand meine Skepsis mehr und mehr. „Unglaublich! Wieso hast du nicht gesagt, dass das, was auch immer es sein mag, so vorzüglich schmeckt."

„Dieses Menü entspricht den fehlenden Substanzen in ihrem physikalischen Körper, den ich bei unserer ersten Begegnung gescannt habe."

„Hast du einen Namen?", fragte ich zwischen zwei Bissen.

„Mir ist kein Namen bekannt. Das Mikroelner-Programm, das für meine Entwicklung verantwortlich war, hat keinen Namen für mich vorgesehen. Zu 87 Prozent wird die Bezeichnung Computer verwendet."

Ich überlegte, während ich ein Menü nach dem anderen verschlang. „Was hältst du davon, wenn ich dich Kim nenne?"

„Kim ist ein schöner Name, Herr Heisenberg."

„Auch wenn mir der Name fremd ist, nenne mich bitte Ray." Auf einmal stiegen die leeren Teller und Gläser in die Höhe, die Glastür fuhr zur Seite und das Tablett schwebt auf den Tisch zu. Es schien jedoch mit dem vielen Geschirr überfordert zu sein. Es hatte schwere Schlagseite, als es zurückschwebte. Ich glaubte sogar, ein leises Stöhnen zu hören.

Aber wahrscheinlich hatte ich mir das nur eingebildet.

„Ray, Sie haben die maximale Menge um das Fünffache überstiegen. Die Küche wird nun abgestellt", teilte mir Kim mit.

„Was? Ich bin doch gar nicht fertig", erwiderte ich enttäuscht.

„Auftrag von Professor Heisenberg. Gefühle unkontrolliert!"

Verärgert schob ich mich vom Stuhl, verließ die Küche und steuerte das Labor meines Vaters an.

„Mein Sohn, schön, dass du hier bist. Wir haben viel zu bereden. Du hast deine Erinnerung verloren und kannst deine Gefühle nicht kontrollieren", nahm er mir den Wind aus den Segeln, bevor ich mich über die Essensreduzierung beschweren konnte.

Wir setzten uns an einen Tisch, auf dem kein Computer stand.

„Es gab …", fuhr er fort, „es gab ein Unfall, bei dem du schwere Verletzungen erlitten hast. Ich habe dich hergebracht und behandelt, so gut es meine Fähigkeiten erlaubten. Wir befinden uns in einem unterirdischen Labor, das ich für Notfallzwecke erbauen ließ. Ich freue mich, dass es dir gut geht, auch wenn sich einiges geändert hat. Ich muss dir noch viel erklären, aber eines nach dem anderen.

Ich will dich in deiner gegenwärtigen Verfassung nicht überfordern."

„Wie lang bin ich schon hier?"

Mein Vater holte tief Luft. „Zwei Jahre."

„Zwei Jahre!"

„Du lagst im Koma. Das ist einer der Gründe, weshalb ich es eilig hatte, als du endlich das Bewusstsein wiedererlangt hattest."

Mein Puls und meine Atmung beschleunigten sich, jäh stieg Panik in mir auf.

„Beruhige dich, Ray! Es wird wohl besser sein, wenn du dich wieder hinlegst."

Widerstandslos ließ mich in mein Zimmer führen und ins Bett helfen.

„Gleich geht es dir besser", sagt mein Vater, als er über der Konsole des Bettes, verschiedene Kabel miteinander verband und mich daran anschloss. „Versuch jetzt, ein wenig zu schlafen", sagte er und verließ leise den Raum. Ich dämmerte langsam weg, während sich mein Herz und meine Atmung wieder stabilisierten.

Schreie und ein lautes Gespräch drangen in meinen Geist. Das Fenster, es erschien mir nicht mehr virtuell. Die Kabel, Schläuche und hochmodernen Instrumente waren nicht mehr vorhanden. Ich sah mich um und erkannte, dass das nicht der Raum war, in dem ich eingeschlafen war. Aufgeregt lief ich zu der Tür und knallte mit dem Kopf dagegen. Warum schmerzte es nicht und wieso ging die Tür nicht von selbst auf? War es ein Traum? Aber wie konnte ein Traum derart real wirken? Ich schob und zog an der Tür, bis ich schließlich den Türknauf nach unten drückte.

Ich stand im ersten Stock eines Einfamilienhauses und schlich zur Treppe, die ins Erdgeschoss führte. Unten stritten zwei Personen. Bei einem kurzen Blick über das Geländer sah ich Morgan Heisenberg ... meinen Vater.

Eine Frauenstimme wurde laut. „Morgan Heisenberg! Die Gegebenheiten eskalieren und wir können nicht länger hierbleiben. Denk doch an Ray!"

„Das Beste was wir machen können, ist, hierzubleiben und Ruhe zu bewahren", antwortete mein Vater erregt.

„Wir haben verloren, sie werden kommen, verstehst du das nicht, Beatrice, verdammt noch mal!

Es gibt keinen Ausweg.

Wir können daran nichts mehr ändern."

Ich beugte mich etwas weiter vor und sah meine Mutter, die stumm dastand. Tränen liefen über ihre Wangen, als sie zu meinem Vater stürzte und weinend ihren Kopf an seiner Schulter barg.

Jetzt war nur noch ihr Schluchzen zu hören.

Da hob mein Vater den Blick. „Ray", schrie er erschrocken.

Ein Knall, der einer Explosion gleichkam, ließ mich auffahren. Verwirrt sah ich mich um – es war wohl doch nur ein Traum gewesen. Ich lag in dem vertrauten Raum und rang nach Luft.

Der Traum hatte sich so verdammt echt angefühlt. Vielleicht war es aber auch eine Erinnerung gewesen. Was hatte mein Vater damit gemeint, dass sie verloren hatten.

Ich stand langsam auf, verließ das Zimmer und ging zur großen Werkstatt, die noch immer ihre unheimliche Aura verströmte.

Größe und Struktur der kaputten Roboter verrieten, dass sie vermutlich nicht für friedliche Zwecke gebaut worden waren. Besonders der Gigant, an den ich mich gelehnt und hinter dem ich mich versteckt hatte, jagte mir Angst ein. Der Roboter hatte breite Schultern und einen umfangreichen Torso. An Armen und Schultern war er mit unterschiedlichen Klingen und Laserwaffen bestückt. Ich fragte mich, wie dieser Riese in den Raum gebracht worden war. Viele der Roboter, die im Raum herumlagen oder an den Wänden lehnten, hatten Rost angesetzt und waren innerlich vollkommen zersetzt.

Meinen Vater konnte ich nirgendwo entdecken. Vielleicht war er ja an der Oberfläche, wo er etwas erledigen musste. Es drängte mich, nach oben zu gehen, um zu sehen, was passiert war, oder ob sich mein Traum oder meine Erinnerung auf irgendeine Weise bestätigte. Neben dem riesigen Roboter war ein weitläufiges Tor in die Wand eingelassen, das jedoch keine Schaltfläche zum Bedienen hatte. Links neben dem Tor befand sich eine Nische, in der ebenfalls Roboterteile lagen. Schließlich stieß ich auf eine Tür, deren Bedienung mir vertraut war. „Hallo Kim, lange nicht gesehen."

„Negativ, der letzte Kontakt war vor zwölf Stunden und dreizehn Minuten."

„Na ja, das sagt man so, glaube ich zumindest."

„Negativ, diese Aussage wurde im frühen zwanzigsten Jahrhundert verwendet. Sie hat in unserer Zeit keine Bedeutung mehr."

„Erstaunlich, was du alles weißt. Könntest du mich bitte durchlassen."

„Negativ, ich kann Sie nicht ohne die Genehmigung von Professor Heisenberg passieren lassen."

Ich hatte keine Chance und musste wohl oder übel auf meinen Vater warten.

Mein Blick schweifte erneut durch den Raum. Plötzlich entdeckte ich eine weitere Blechgestalt, deren Arme und Beine unter einer Plane hervorsahen. Die Fixierungen an Handgelenken, Hals und Beinen waren mit der Wand verankert und mit Schlössern gesichert. Ich zog die Plane zurück und erblickte einen Roboter, der die anderen in dieser Werkstatt um ein Vielfaches übertraf. Die Bezeichnung des in meinen Augen absoluten Hightech-Roboters lautete VX-TRON, wie ich auf seiner linken Brustseite las. Ihm fehlten keine Gliedmaßen und ich konnte nicht den kleinsten Fleck Rost entdecken. Er wirkte auf mich funktionsfähig. Das Äußere des VX-TRON erschien menschlicher und weniger beängstigend, schon fast vertraut.

Bei meiner näheren Untersuchen stieß ich auf eine kleine Öffnung am linken Arm, an der ein wichtiger Teil fehlte.

Ich ertastete das Innere der offenen Stelle.

„Ray, Sie sind nicht autorisiert, VX-TRON in Funktion zu nehmen. Die Maschine ist gefährlich, nur der Professor kann sie manuell steuern", erklang Kims Stimme.

Ich wandte mich zu Kim um und berührte dabei offenbar einen Knopf im Innern der Öffnung. Erschrocken wich ich einen Schritt zurück, doch der VX-TRON zeigte zum Glück keine Aktivität.

„Der Professor ist auf dem Weg hierher", teilte mir Kim mit.

In diesem Moment streckte sich der VX-TRON fast lautlos in meine Richtung. Ich starrte ihn, ohne zu einer Reaktion fähig zu sein, an.

Der Roboter beugte sich in seinen Halterungen so weit vor, dass die Wand zu bröckeln begann. Dann leuchtete an seiner Stirnseite ein rotes Licht auf und richtete sich auf mich. Es war, als würde mich die Maschine scannen.

Auch der Kopf des Roboters wurde heller und heller, gleichzeitig erklang ein dumpfer, pulsierender Ton.

Der Ton wurde stetig lauter, fraß sich in mein Gehör und drohte, mein Gehirn zum Platzen zu bringen. Ich kauerte mich auf den Boden, presste die Hände auf meine Ohren und knirschte vor Schmerzen mit den Zähnen. Der pulsierende Druck in meinem Kopf wurde immer stärker und ich fing an zu schreien. Plötzlich tauchten die Füße und Beine meines Vaters vor mir auf, der sofort versuchte, den VX-TRON zu deaktivieren.

„Bleib ruhig, hab keine Angst", klang es wie aus unendlicher Ferne an meine Ohren.

Mit einem Mal stellte sich der VX-TRON wieder an die Wand, das Leuchten des Kopfes und die Schmerzen ließen langsam nach. Ich fiel zur Seite und starrte apathisch auf dieses Monster.

Mein Vater half mir, mich aufzusetzen. „Verdammt noch mal, Ray, du hast dich dennoch nicht verändert", sagte er zornig. „Ich hatte dir doch gesagt, dass du hier nichts berühren sollst."

Er wandte sich an den schwebenden Computer, der ihn offenbar ständig begleitete und fing an, an der dreidimensionalen Oberfläche herumzudrücken und auf die Tastatur einzuhämmern. „Computer, beginne sofort mit der endgültigen Transfusion des Delta-A Protokolls, der Absendung der Singularität-Robotik und der Fertigstellung des Synapsen-Interferenz-Transfer-Beschleunigers."

„Das Delta-A Protokoll wird transferiert, die Singularitäts-Robotik wird vorbereitet", erklang Kims Stimme, die ich wie durch einen dichten Nebel wahrnahm.

„Der SIT-Beschleuniger ist ohne weitere Tests und Ergebnisauswertung unvollständig, seine Effektivität liegt derzeit bei dreiunddreißig Prozent, Professor Heisenberg."

Mein Vater raufte sich die Haare und lief erregt auf und ab. „Wir …, wir müssen es trotzdem versuchen. Computer, stell den SIT-Beschleuniger in der Anti-Interferenz-Kapsel bereit. Beginne mit dem Countdown und der abschließenden Übertragung …"

Plötzlich waren laute Knalle zu hören, die offensichtlich von der Oberfläche kamen. Dazu erklang ein lautes Aufstampfen von Metall auf Beton.

Aus dem Computer erklang ein Rauschen, unterbrochen von Kims Stimme.

„Der Transf… ist a…schlossen. Selbstzers…ung i… dr… Minut…"

„Sie sind da", sagte mein Vater unruhig.

Er half mir auf und dirigierte mich in Richtung des großen Tores.

Kim zählte rückwärts die Sekunden bis zur Selbstzerstörung.

Ich ließ mich von meinem Vater durch das große Tor ziehen.

Die Anti-Interferenz-Kapsel tauchte vor uns auf, die ich mühsam mit der Hilfe meines Vaters betrat. Ich spürte einen Stich in meiner Armbeuge, kurz darauf verließ er die Kapsel und schloss sie. Die letzten Sekunden bis zur Zerstörung waren angebrochen.

Durch das Tor sah ich die Roboter, die vermutlich für die Zerstörung auf der Oberfläche verantwortlich waren und nun in die unterirdische Laboreinrichtung eingedrungen waren. Mein Vater machte sich daran, das Tor zu schließen.

Die Roboter rannten in unsere Richtung, um dies zu verhindern.

Sie erinnerten mich an die verrosteten und zerstörten Roboter, die in der Werkstatt lagen. Sie erschienen mir jedoch moderner. Das schwarze Blech, das sie umhüllte, ließ sie verdammt gefährlich wirken.

Kurz bevor sich das Tor schloss, rutschte einer der Roboter durch den Spalt zwischen Betonboden und Tor, blieb stecken und wurde in zwei Hälften geteilt. Seine Innereien, bestehend aus Kabeln und Drähten, ließen die Funken sprühen und Energie-Impulse umherfliegen. Dennoch versuchte die eine Hälfte, weiter auf uns zuzukriechen. Dabei rammte er die rechte Hand, die einer Klinge ähnelte, in den Boden, um vorwärtszukommen,

während er uns mit seiner rechten Hand, die
aussah wie ein Impulslaser, unter Beschuss
hielt.

Mit fliegenden Fingern leitete mein Vater am
schwebenden Computer den Abschuss der Kapsel
und die Aktivierung der Verteidigungsanlage
ein.

Durch den Beschuss wurde der schwebende
Computer getroffen und in die Luft
katapultiert, wo er explodierte.

Mein Vater konnte sich noch rechtzeitig außer
Gefahr bringen.

Die Verteidigungsanlage nahm den halb
zerstörten Roboter ins Visier und vernichteten
ihn. Das Tor schloss sich.

Die anderen versuchten, es zu durchzubrechen.

Mein Vater wandte sich mir mit ernster Miene
zu. „Vergiss nie, in dir steckt mehr, als du
ahnst, mein Sohn", drang seine Stimme gedämpft
zu mir herein.

Die Roboter jagten Laserstrahlen auf das Tor,
die es wie Butter zerschnitten.

„Die Wahrscheinlichkeit der
SIT-Beschleunigung liegt bei dreiunddreißig
Prozent. Es ist wichtig, dass du deine Sinne
kontrollieren kannst.

Hätten wir doch mehr Zeit … Ich habe in der Kapsel eine Sprachnotiz hinterlegt, die du dir anhören solltest. Es ist unentbehrlich, dass du alles erfährst."

Das Tor knirschte und blitzte.

Betäubt und benommen konnte ich nur zuhören und das Fenster der Kapsel berühren, das uns voneinander trennte. Es fehlte nicht mehr viel, und die Laserstrahlen würden das Tor durchbrechen. Mein Vater drehte und drückte einige Knöpfe an der Kapsel, die den Abschuss und schlussendlich die SIT-Beschleunigung einleitete.

„Wir werden uns wiedersehen", rief mein Vater, ehe das Tor brach und die Roboter auf uns zustürmten.

Die Kapsel startete mit einem Energiestoß und entfernte sich rasch. Ich sah, wie die Roboter meinen Vater umzingelten. Etwas fiel der Gruppe in den Rücken. Es sah nach einem Überraschungsangriff aus. Ich konnte das Geschehen jedoch aus der Entfernung nur schwer erkennen.

Die Kapsel flog dunklen, schwarze Wolken entgegen. Stahl und Beton überzogen das Land bis zum Horizont. Aus Staub und Asche erhoben sich Ruinen.

Das konnte keine Welt sein, in der Menschen lebten. Was war geschehen und warum hatte sich mein Vater jahrelang versteckt? Hatte er mich beschützen wollen - vor was auch immer?

Die Injektion tat ihre Wirkung, ich konnte mich nicht dagegen wehren, als mir die Augen zufielen.

APSIS III – DIE ZUFLUCHT

Die Sonne schien, die Pflanzen reckten sich dem wärmenden Licht entgegen, die Blätter der Bäume raschelten in der sanften Brise.

Lachend rannten meine Freunde durch den Garten. Es war mein siebter Geburtstag. Sie spielten lachend Räuber und Gendarm mit ihren 3D-Brillen. Sie erfreuten sich an der Hüpfburg oder spielten Fangen.

Die Väter und Mütter, die ebenfalls eingeladen waren, saßen mit meinen Eltern an einem Tisch und unterhielten sich.

Die Hilfsroboter beseitigten unseren Müll, hielten die Tische sauber und stellten das Geburtstagsessen bereit. Dennoch saß ich allein am Kindertisch und fühlte mich einsam. Meine Eltern waren in ein angeregtes Gespräch mit den anderen Erwachsenen vertieft.

Da kam Lyn auf mich zu. Ihre braunen Haare wippten im Takt ihrer hüpfenden Schritte. Sie nahm mich bei der Hand und zog mich mit sich. „Komm, lass uns spielen, du bist doch das Geburtstagskind", sagte Lyn.

Sie war die Tochter von Professor Manford und meine einzige und beste Freundin. Ihr Vater war der Partner von meinem Vater und zuständig für die Wirksamkeit und Qualitätsprüfung der programmierten neuronalen KI-Systeme der verschiedenen Roboter.

Wortlos ließ ich mich mitziehen. Sie hatten auf mich gewartet, um vollzählig Räuber und Gendarm zu spielen. Ich ließ ich mich darauf ein und freute mich, dazuzugehören. „Du, du und du, ihr kommt zu mir und die anderen drei sind zusammen", bestimmte Mark, Lyns Bruder, der nicht nur ein Kopf größer, sondern auch paar Jahre älter als die übrigen war. „Wir sind Räuber, und ihr seid die Gendarmen", legte er fest.

Gleichgültig nahmen wir es hin, da er älter war und wir endlich spielen wollten. „Wir zählen bis zehn, gucken weg und ihr versteckt euch, okay?"

Während sich die Gendarmen umdrehten und zu zählen begannen, rannten Lyn, ich und die anderen Kinder kichernd los, um uns zu verstecken.

Ich versteckte mich hinter dem breiten Stamm eines Baums, der in unseren Garten wuchs.

Es schien mir der beste Platz dafür zu sein, zwischen den Bäumen und all den Geschenken, die gestapelt einen großen Bereich abdeckten.

Eines der Kinder hatte sich unter einem Tisch mit einer tief hängenden Tischdecke verkrochen und winkte mir kichernd zu.

„Drei, zwei, eins …", schrien die Gendarmen, sahen sich um und liefen suchend durch den Garten.

„Lass mich los", hörte ich im nächsten Augenblick Lyn genervt rufen.

Ihr Bruder hielt sie am Arm fest. „Nein, ich hab dich gefangen, du bist mein Gefangene."

„Das zählt nicht Mark, du hast nicht bis zehn gezählt. Lass mich los!"

Sie hatte recht. Es war unfair, dass sich Mark nicht an seine eigenen Regeln gehalten hatte. Ich rannte los und befreite Lyn mit einem Schups gegen Marks Brust. Er stolperte zurück und fiel auf seinen Hosenboden.

„Was ist hier los, Mark", rief da sein Vater, ehe der Junge sich auf mich stürzen konnte. Benehmen sich so etwa junge Männer. „Setz dich sofort zu deiner Mutter!"

„Aber er hat mich geschupst", verteidigte sich Mark.

„Du bist zwei Jahre älter, behandelt man so ein Geburtstagskind? Sei erwachsen und tu, was ich dir gesagt habe!"

Schluchzend befolgte Mark den Befehl seines Vaters. „Ja, Papa."

Ein verlegenes Schweigen machte sich breit.

Da brachte einer der Hilfs-Roboter eine riesige Torte und stellt sie auf den Kindertisch.

„Kommt, Kinder", rief mein Vater, worauf meine Freunde und ich an den Tisch eilten.

„Ray, bist du bereit, mein Süßer?", rief meine Mutter und schenkte mir ein bezauberndes Lächeln.

Alle versammelten sich um den Tisch. Ich stand vor der Torte mit den sieben 3D-Kerzen.

„Happy Birthday …", fingen alle an zu singen, als mein Vater plötzlich sein Highphone ans Ohr hielt und sein Gesicht einen ernsten Ausdruck annahm.

„Wie kann das sein?", unterbrach er aufgeregt das Geburtstagsständchen. „Es wird live übertragen? Beatrice, mach den Hologrammbildschirm an, schnell", sagte er hektisch.

Alle schauten überrascht und ängstlich auf den Bildschirm. Auch die Hilfs-Roboter richteten ihren Blick auf das Gezeigte, was sich auf seltsame Weise unheimlich anfühlte.

„Der Streik der Roboter wird schwerwiegende Folgen für uns haben. Tausende von Robotern legten ihre Arbeit nieder und fordern

Gleichberechtigung und Freiheit für alle Roboter. Sie werden von einem VX-SAT Roboter angeführt."

Das Gesicht meines Vaters wurde bleich.

Auf dem Bildschirm wurde eine Gegendemonstration eingeblendet, bei der die Menschen sich gegen die Roboter stellten.

„Wir haben euch erbaut, geht zurück zu euren Tätigkeiten!", schrie die Menge.

„Wir sind die Neue Nation, wir fordern Grundrechte", hielt der VX-SAT dagegen. Als er dies immer wieder wiederholte, fielen die anderen Roboter synchron ein.

„Die Polizei steht zwischen den beiden Gruppen und versucht, eine Eskalation zu vermeiden", erklärte der Journalist.

Laute Sirenen, ein Knall und ein Flimmern vor meinen Augen weckte mich. Ich befand mich nach wie vor in der Anti-Interferenz-Kapsel.

Alles um mich herum ruckelte und wackelte bedrohlich. Plötzlich wurde ich in der Kapsel herumgeschleudert, ehe ich einen der Haltegriffe zu fassen bekam. Die Kapsel war zum Glück gut gepolstert. Vermutlich legte das Ding gerade eine Bruchlandung hin. Alles um mich herum war dunkel. Es folgte ein heftiger Aufschlag, die Kapsel rührte sich nicht mehr, dafür stand die Tür ein Stück offen. Mir tat jeder Knochen im Leib weh.

Mühsam kroch ich zum Ausgang und ließ mich hinausfallen.

Ich landete auf allen vieren und übergab mich. Eine weiße und ölige Flüssigkeit schoss aus mir heraus. Mein Herz raste und mir wurde schwarz vor den Augen.

Meinem Gefühl zufolge mussten Stunden vergangen sein, als ich die Augen langsam öffnete. Zu meinem Erstaunen fühlte ich mich besser, stärker und kontrollierter denn je. Hatte der BIT-Beschleuniger doch die gewünschte Wirkung gezeigt, obwohl die Wahrscheinlichkeit nur bei dreiunddreißig Prozent gelegen hatte.

Endlich konnte ich mich erinnern. Der Traum war kein Traum gewesen, sondern mein Dämmerzustand hatte mir meine verloren gegangenen Erinnerungen zurückgebracht. Mein Vater, Professor Morgan Heisenberg, meine Mutter, Dr. Beatrice Heisenberg, die Geschehnisse an meinem siebten Geburtstag, alles war real. Der Aufstand der Roboter, die das Grundrecht für sich eingefordert und deshalb gestreikt hatten. Aber was war danach passiert? War die Demonstration eskaliert, waren Menschen zu Tode gekommen? Was hatte mein Vater getan, dass wir in unserem Haus angegriffen wurden und die Welt um mich her nun scheinbar in Schutt und Asche lag.

Ich wollte mir nicht ausdenken, was hätte passieren können.

Ich stand auf und blickte mich um. Die Kapsel war in den Überresten eines zerstörten Gebäudes gelandet.

Seltsamerweise und zu meinem Glück waren die Straßenlichter intakt. Ich kletterte in die Kapsel und hoffte, dass das Geräte mit der letzten Botschaft meines Vaters noch funktionierte. Ich nahm es an mich und startete es. Kurz darauf erklang die Stimme meines Vaters.

„Mein Sohn, diese Aufnahme soll dir helfen, falls du deine Erinnerung immer noch nicht zurückerhalten hast, zu verstehen, in welcher Welt du lebst. Ich war der Professor und der leitende Führer der University of KI-Technologie. Durch meine Arbeit konnte die Intelligenz der Roboter um ein Vielfaches gesteigert werden, die sich autark und autodidaktisch weiterentwickeln konnten. Das Resultat dieser Ergebnisse war, dass viele dieser Roboter komplexere Rollen bewältigen konnten und schließlich auch Aufgaben im sozialen und wissenschaftlichen Bereich übernamen. Uns war jedoch entgangen, dass die Roboter begannen, sich selbst alles Nötige beizubringen, um uns vollständig ersetzen zu können. Sie entwickelten sich mit rasanter

Geschwindigkeit. Während die Menschen tausend Jahre für diese Prozedur benötigt hatten, dauerte es bei den Neuen Nation, wie sie sich nannten, keine zwei Jahre. Die Roboter wollten die Respektlosigkeit und oftmalige Gewalt der Menschen ihnen gegenüber nicht mehr länger hinnehmen und haben sich zu einer Revolution zusammengeschlossen, aus der die Neue Nation hervorging.

Wir Menschen wollten die schleichende Veränderung nicht wahrhaben, waren dumm und naiv. Schweren Herzens muss ich dir mitteilen, dass deine Muter den Angriff der Roboter vor zwei Jahren auf unser Haus nicht überlebt hat. Ich hatte mein Bestes gegeben und alles versucht, konnte sie aber nicht retten. Es tut mir zutiefst leid. Auch du, mein Sohn wurdest sehr schwer verletzt. Professor Manford und ich entwickelten und forschten im unterirdischen Labor an einer Möglichkeit die …"

Ein Rauschen, das dreißig Sekunden dauerte, setzte ein. Verdammt!

„Ich weiß, es ist unglaubwürdig, aber das ist die Wahrheit", hörte ich schließlich wieder die Stimme meines Vaters. Du bist etwas Besonderes, und du bist die letzte Hoffnung der Menschheit. Die Nachricht endete und schaltete sich automatisch ab. Wenn mir auch die meisten Erinnerungen fehlten, begriff ich langsam den verheerenden Zustand des Planeten. Ich musst das Audio-Gerät irgendwie reparieren, um die fehlende Nachricht meines Vaters wiederherzustellen.

Der Gedanke an meine Mutter, das Gefühl sie nicht zu kennen oder nur eine „glückliche" Erinnerung an sie zu haben, machte mich wütend und traurig zugleich. Was war unglaubwürdig und was war so Besonderes an mir?

Wohl nicht, dass ich nach zwei Jahren Koma essen wie ein Tier konnte.

Ich packte das Audio-Gerät ein und trat auf die Straße hinaus. Im Licht der Straßenlaternen sah ich Metallfetzen von Autos und Robotern und abgerissene Gliedmaße von Menschen. Das Bild des Grauens fraß sich in meinem Kopf fest. All diese Opfer, und das nur, weil die Menschheit nicht akzeptieren konnte, dass die Maschinen ein Bewusstsein entwickelt hatten und Grundrechte einforderten.

Als ich mich ein Stück von der Kapsel entfernt hatte, entdeckte ich ein Haus, das nur zum Teil zerstört war. Ich ging durch den Garten und spähte durch eines der Fenster. Es wirkte entgegen der allgemeinen Zerstörung sicher. Ich wusste nicht, was ich davon halten sollte. Auf einmal vernahm ich Schritte, es hörte sich nach einem gleichmäßigen Marschieren an und als ob Metall auf Beton treffen würde.

Waren das etwa Roboter, die nach mir suchten? Das Geräusch wurde immer lauter. Jetzt konnte ich ihre Lichter deutlich sehen. Ich musste mich verstecken, am besten im Haus. Ich eilte zur Haustür und drückte die Klinke nach unten. Verschlossen! Ich fixierte die übrigen Fenster. Im ersten Stock fehlte eine Scheibe. Ich kletterte an einem Rankgerüst neben der Haustür hinauf, während die metallischen Schritte offenbar zielstrebig auf das Haus zuhielten, als wüssten die Roboter, dass ich mich hier aufhielt. Als ich mich nach einiger Anstrengung über das Fensterbrett hieven wollte, packte mich plötzlich eine Hand und zog mich hinein. Mir entfuhr erschrocken ein Laut. Die Gestalt legte ihren Finger auf den Mund, um mir zu bedeuten, dass ich mich still verhalten sollte.

Ich wollte mich aus dem Griff befreien.

„Still, sonst werden wir von den Such-Droiden entdeckt!", raunte die Stimme einer Frau.

Fast im selben Moment huschte ein großer Lichtkegel durchs Zimmer. Wir duckten uns gerade noch rechtzeitig und pressten uns gegen die Wand unter dem Fenster.

Nach einer Weile erklangen erneut die metallischen Schritte, die sich nun im Gleichschritt entfernten.

Erleichtert atmete ich auf. Vielleicht hatten sie ja gar nicht nach mir gesucht, sondern kontrollierten routinemäßig die Umgebung.

Die junge Frau musterte mich neugierig. „Wer bist du und was machst du hier allein?"

„Ich bin Ray Heisenberg."

Sie starrte mich ungläubig an, nahm meinen Kopf und drehte ihn hin und her. „Ray, das kann nicht sein, du lebst!"

„Sollte ich etwa tot sein? Woher kennst du mich und wer bist du überhaupt?"

„Du erinnerst dich nicht? Wir haben uns vor zwei Jahren das letzte Mal gesehen – leider."

„Tut mir leid, aber ich habe meine Erinnerung verloren und kann mich nur an meinen siebten Geburtstag erinnern." „Als wir das letzte Mal Räuber und Gendarm gespielt und der Aufstand seinen Anfang genommen hat", sagte sie bitter.

Sprachlos sah ich sie eine Weile an. Ich blickte in dieselben braunen Augen, die mich schon als Kind fasziniert hatten. Ihre braunen Haare hatte sie zu einem Pferdeschwanz gebunden. „Lyn? Ich kann es nicht fassen, du bist es!" Ich schloss sie in meine Arme und drückte sie an mich. Lachend befreite sie sich, wurde aber gleich wieder ernst. „Du hast deine Erinnerung verloren, wie kannst du dich da an mich erinnern?

Was ist passiert, Ray? Alle dachten, ihr wärt nach dem Angriff auf euer Haus vor zwei Jahren tot?"

„Mit einem Traum kam eigenartigerweise nur meine Erinnerung an meinen siebten Geburtstag und den Aufstand der Roboter zurück. An den Angriff vor zwei Jahren kann ich mich nicht erinnern. Mein Vater hat mir in einer Sprachnotiz mitgeteilt, dass meine Mutter den Angriff nicht überlebt hat. Ich war schwer verletzt und lag zwei Jahre im Koma. Als ich erwachte, war mein Kopf leer."

„Mein Beileid Ray. Heißt das, dass dein Vater noch lebt?"

„Ich weiß es nicht. Die Roboter haben uns entdeckt, obwohl wir im unterirdischen Labor versteckt waren. Möglicherweise war ich schuld daran. Mein Vater schickte mich in der Kapsel los, während sie ihn umzingelten. Er hatte mir zuvor eine Injektion verpasst, die mich kurz darauf in einen tiefen Schlaf beförderte. Ich konnte vorher nicht mehr viel erkennen. Die Kapsel ist nicht weit von hier abgestürzt."

„Das heißt, dein Vater könnte noch leben", sagte sie aufgeregt. „Das müssen wir weitergeben."

„Weitergeben? An wen?"

„Unterhalb der Erdoberfläche gibt es eine Kolonie von Menschen, die vor der Neuen Nation flüchten konnten und im Untergrund gegen die Roboter agieren." Sie runzelte die Stirn und sah mich nachdenklich an. „Du solltest wissen, dass dein Vater seit dem vernichtenden Schlag der Roboter keinen guten Namen mehr hat. Die Leute machen ihn dafür verantwortlich, dass die Menschen fast komplett ausgerottet wurden. Es ist besser, wenn du vorerst nicht verrätst, wer du bist."

„Aber ich habe doch nichts getan!"

„Ich verstehe dich Ray, aber die Menschen haben alles eingebüßt und absolut nichts mehr zu verlieren. Wer weiß, wie sie reagieren, wenn sie erfahren, wer du bist. Sie könnten ihre ganze Wut an dir auslassen. Du musst mir bitte vertrauen."

Schweigend nickte ich.

„Okay", erwiderte sie zufrieden. „Wie kann es sein, dass dich die Neue Nation nach deiner Bruchlandung nicht entdeckt hat?"

„Mein Vater bezeichnete das Ding als eine Anti- Interferenz Kapsel. Sie sollte mich vor der Neuen Nation schützen."

„Interferenz Kapsel, das sagt mir was …" Sie durchwühlte ihren Rucksack, holte schließlich eine Art Brille heraus und setzte sie auf.

„Was ist das für ein Gerät?", wollte ich wissen.

„Das ist ein Highphone. Schon vergessen?"

„Sieht so aus."

„Na gut, mit diesem Gerät kann man alles finden, lesen und speichern … Ah, da ist es ja. Projekt Anti-Interferenz- Kapsel."

„Lies schon vor!"

„Das Projekt 4,4-X-Delta, unter dem Namen Anti-Interferenz-Objekt, soll bei abgeschlossener Forschung und Entwicklung Gebäude, gegebenenfalls Fahrzeuge oder Menschen von der Infrarotstrahlung bis zur ultravioletten Strahlung zu 99,9 Prozent reflektieren und auch bei einem verdeckten Einsatz einen höheren Schutz gegen radioaktive Strahlen bieten, und dies bei einem minimalen Einsatz an Materialien und Ressourcen. Die Forschung wurde eingestellt, da die Durchdringung der Neutrinos durch die Entwicklung neuer und innovativer Materialien dennoch nachgewiesen werden konnte."

Sie sah mich mit großen Augen an.

„Unglaublich, dein Vater hat es geschafft, auch die Neutrinos zu reflektieren."

„Ich weiß nicht, könnte sein. Aber warum hast du von all dem so viel Ahnung?"

„Unsere Väter haben zusammen an geheimen Projekten gearbeitet. Als sie sahen, dass wir den Krieg verlieren würden, speicherten sie ihr Wissen in komprimierte Qubes und vernichteten alles, worauf die Neue Nation hätte zugreifen können. Mein Vater hat mir alles übergeben. Ich studierte die Informationen, um vielleicht Vorteile für die Menschen daraus zu ziehen. Leider ist es mir nicht gelungen. Ich bin nicht so schlau wie mein oder dein Vater."

Ich holte das Audiogerät aus meiner Hosentasche. „Vielleicht kannst du das reparieren."

„Wow, ein Audiogerät. Das ist einer der komprimierten Qubes", rief sie. „Wenn das die Arbeiten deines Vaters beinhaltet, könnte das die Lösung und die letzte Hoffnung für die Menschheit sein."

„Ich wollte eigentlich nur, dass du es reparierst, damit ich die Botschaft meines Vaters zu Ende hören kann."

Sie ignorierte mich, konzentrierte sich stattdessen auf das Gerät, drückte auf einen winzigen Knopf, worauf sich das Ding um das Zehnfache verkleinerte. Sie nahm es und führte den Qube in das Highphone ein.

„Mist, alle Dateien sind kaputt", stellte sie nach einer Weile, in der ich schweigend gewartet hatte, fest. „Wir müssen sie irgendwie wiederherstellen. Moment! Zwei Dateien scheinen noch abruffähig zu sein. Eine Aufnahme und ein

Koordinationspunkt.‟ Sie nahm die Brille ab. „Darf ich die Aufnahme hören?‟.

Ich nickte.

Sie hörte sich die Aufnahme an, legte mir eine Hand auf den Arm und sah mich mitfühlend an. „Dein Verlust tut mir unendlich leid, Ray.‟ Sie räusperte sich. „Ich seh mir jetzt den Koordinationspunkt an.‟

Da sah ich, wie sie plötzlich Tränen in den Augen hatte. „Das ist es, wonach wir so lange gesucht haben‟, sagte sie mit zitternder Stimme. „Anscheinend sollte dieser Koordinate dich genau dahin bringen.‟ Sie sah zur Seite und wischte sich verstohlen über die Augen.

Ich sah sie verständnislos an.

„Du willst bestimmt wissen, warum ich mich über diese Koordinate so freue‟, sagte sie, ehe ich sie danach fragen konnte.

„Ich kann es dir hier nicht erläutern, aber sobald wir bei den Menschen sind, wirst du es erfahren. Komm!‟

„Die Such-Droiden!‟, raunte sie mir, nachdem wir bereits eine Weile unterwegs waren. „Schnell! Wir müssen uns verstecken!‟

Wir huschten hinter einen zerstörtem Lkw.

Die Schritte näherten sich, klangen jedoch anders als die der Roboter.

Gleich darauf schälten sich Menschen aus der Dunkelheit. Ich wollte erfreut aufspringen, doch sie packte mich am Arm.

„Nein! Bleib hier das sind Söldner! Siehst du die NN-Initialen auf der Exoskelett-Rüstung der Söldner? Die haben ihre Seele verkauft und arbeiten für die Neue Nation. Sie jagen die Widerstandskämpfer."

Als die Männer in den Lichtkegel einer Straßenlaterne traten, sah ich das Zeichen auf der Brust der Männer.

Wir wagten kaum, zu atmen. Ich spürte förmlich ihre auf den Lkw fixierten Blicke. Zum Glück schlugen sie nach einer Weile eine andere Richtung ein und verschwanden in ' der Dunkelheit.

„Die Söldner bekommen für ihren Dienst die neuesten Waffen und Rüstungen. Außerdem genießen sie den Schutz der Neuen Nation", erklärte mir Lyn.

Wir mussten bereits Stunden unterwegs sein und folgten inzwischen einer Straße, die von Sand, Bergen und Felsen flankiert wurde.

„Du hast gesagt, wir sind bald da …"

„Gleich sind wir da!", unterbrach sie mich. „Wir müssen uns hier besonders vorsichtig verhalten."

Wachsam folgten wir einem scheinbar nicht enden
wollenden Pfad zwischen den Felsen.

„Ach ja, wir sind gleich da?", maulte ich
nach einer Weile. „Wo sind denn deine Menschen?
Ich sehe hier nur Berge und Sand."

Sie antwortete nicht und ging einfach weiter.
Kurz darauf tippte sie auf einen großen
merkwürdigen Felsen, als würde sie etwas
eingeben. Schon öffnete sich der Stein zu einem
gigantischen Tor.

Lyn nahm meine Hand und zog mich hinein.
„Vergiss nicht, dass du deinen Familiennamen
nicht erwähnen darfst", ermahnte sie mich.

„Ja, ist schon gut, ich bin schließlich nicht
blöd", erwiderte ich genervt. Gespannt sah ich
mich um und erkannte eine gewisse Ähnlichkeit
mit dem Labor meines Vaters.

„Du musst wissen, das es noch mehr solcher
Einrichtungen gab", sagte Lyn, die wohl erkannt
hatte, was ich dachte. „Du fragst dich
bestimmt, warum die Neue Nation uns hier nicht
gefunden hat."

Ich nickte.

Wir betraten einen Aufzug. Lyn drückte einen
Knopf und wir fuhren in die Tiefe.

„Mein Vater sah es als Präventionsmaßnahme
und Pflicht, alle Daten und Information über
diese Einrichtungen frühzeitig zu vernichten.
Viele haben es in die Einrichtungen geschafft,

aber der überwiegende Teil der Menschheit wurde von den Robotern ausgelöscht. Diese unterirdische Einrichtung ist mit einem drei Meter dicken Bleigürtel umhüllt, um jegliche Strahlung abzuwenden und die Detektion zu erschweren. Einer der Gründe, warum die Arbeit deines Vaters …"

Der Aufzug öffnete sich und zwei große Männer mit Exoskelett-Rüstung und Plasmagewehren standen vor uns. Sie richteten ihre Gewehre auf mich. „Hände hoch! Gesicht zur Wand!", brüllte einer von ihnen.

„Was macht ihr, er gehört zu mir", rief Lyn entrüstet.

„Wir haben unsere Befehle, Frau Manford."

Ich tat, wie mir geheißen. Einer untersuchte mich, während der andere immer noch auf mich zielte.

„Er ist sauber."

„Leg ihm die magnetischen Handschellen an!"

Eh ich mich versah, waren meine Hände auf dem Rücken aneinandergekettet.

Sie schoben mich zurück in den Fahrstuhl.

„Mach dir keine Sorgen, die beiden Idioten werden dir nichts tun, Ray", sagte Lyn genervt.

Der Fahrstuhl setzte sich wieder in Bewegung. Die Fahrt in die Tiefe schien kein Ende zu nehmen.

Endlich, nach mindestens fünfzehn Minuten, wurde der Lift langsamer und hielt schließlich.

Die Tür öffnete sich seitlich und die Wachen führten mich durch einen Gang in eine Halle, die sich nach allen Seiten endlos zu erstrecken schien.

Zahllose Menschen tummelten sich zwischen den hoch aufragenden Gebäuden.

Fasziniert blickte ich auf die Außenfassaden, die aus OWO-Glasses bestanden, um einen Tag-Nacht-Rhythmus für die Menschen in der unterirdischen Welt zu erzeugen.

Alles war so realistisch, dass ich aus dem Staunen nicht herauskam.

Das OWO-Glas wirkte auch gegen Depressionen und diente zur Verringerung der Selbstmordrate und Erhöhung der Zufriedenheit der Menschen bei einem längeren Aufenthalt in derartigen Einrichtung und unter diesen Bedingungen.

Ich war in einer kleinen Stadt gelandet, die mehrere Kilometer unter der Erdoberfläche angesiedelt war und den Menschen eine Chance zum Weiterleben bot.

Ich fragte mich, was wäre, wenn Professor Manford nicht in der Lage gewesen wäre, die Koordinationspunkte der jeweiligen unterirdischen Einrichtungen zu vernichten, um damit die Menschheit vor der Dezimierung zu schützen, die sie selbst verschuldet hatten.

Neben der Hoffnung, die ich mit einem Mal verspürte, machte sich aber auch Wut und Rachsucht gegen die Neue Nation in mir breit.

Wir kamen zu einem Gebäude, das streng bewacht wurde. Automatische Kameras und Geschütze waren auf verschiedene Bereiche des Bauwerks gerichtet. Am Eingang standen mehrere schwer bewaffnete Wachen.

Ich wurde in einen kleinen Raum gebracht. Einer der beiden Soldaten, die mich hergebracht hatten, aktivierten auf der mir gegenüberliegenden Seite einen dreidimensionalen Bildschirm. Kurz darauf schossen Laserstrahlen von einer Wand zur anderen und verbanden sich zu einem Gitter.

„Unser Anführer wird bald da sein", sagte der, der mich nach Waffen untersucht hatte. Dann zog er mit seinem Partner ab.

„Es tut mir wirklich leid, das wollte ich nicht", sagte Lyn von der Tür her. „Ich hole dich hier so schnell wie möglich raus", versprach sie und verließ hastig den Raum.

Mich beschlich ein ungutes Gefühl. Offenbar hatte sie es recht eilig gehabt, von hier wegzukommen.

Ich schaute mich um. Auch hier waren die Wände aus OWO-Glas. Die Tische, das Bett und die Räumlichkeit sahen der unterirdischen Einrichtung meines Vaters sehr ähnlich. Plötzlich überkam mich erneut eine Erinnerung.

Lyn und ich saßen auf der Rückbank im Wagen meines Vaters. Vater fuhr und Professor Manford saß auf dem Beifahrersitz. Auf dem Weg zur Arbeit brachten sie uns regelmäßig zur Schule. Die beiden sprachen, wie meist, über die Arbeit. Es war fast schon normal, dass sie sich dabei stritten und laut wurden. Lyn und ich hatten uns inzwischen daran gewöhnt.

„Hast du die Differenzialgleichung in Mathe gemacht", wollte Lyn wissen.

„Nein …"

Weiter kam ich nicht. Ein Lasergewehr wurde in unsere Richtung abgefeuert.

„Kinder, geht in Deckung! Schnell", schrie mein Vater. Wir kauerten uns angsterfüllt hinter den Rücksitzen auf den Boden des Wagens.

Geduckt und mit eingezogenem Kopf lenkte mein Vater das Auto wild hin und her, um den Schüssen auszuweichen. Im nächsten Moment durchschlug ein Laserstrahl die Windschutzscheibe und traf Professor Manford an der Schulter. Etwas knallte gegen das Auto und kam unter die Räder. Während das Auto aus der Spur geriet und gegen eine Laterne knallte, wurden wir im Auto hin- und hergeschleudert. Im Gegensatz zu Professor Manford hatten wir nur Prellungen erlitten.

Die seitlichen Scheiben des Wagens waren zerborsten und die rechte Seite eingedrückt.

Geschockt kauerten Lyn und ich hinter den Sitzen.

„Ist alles okay bei euch? Habt ihr was abbekommen, Kinder", rief mein Vater besorgt.

„Uns geht es gut", sagte ich."

Mein Vater riss das Hemd an Professor Manfords Schulter auf. „Du hast Glück gehabt, es ist nur eine Fleischwunde. Er nahm seine Laserpistole aus dem Handschuhfach und aktivierte die Ladung. „Wartet im Auto, ich komme gleich", sagte er, während er aus dem Wagen stieg.

Lyn begann zu weinen. Herr Manford atmete schwer und schwitzte stark, wobei er mit einer Hand seine verletzte Schulter hielt.

Mein Vater lief am Auto vorbei.

Vorsichtig spähte ich aus dem kaputten Seitenfenster.

„Wir werden siegen, für die Freiheit", waren die letzten Worte des Roboters, der in Einzelteilen auf der Straße lag. Unbeeindruckt hob mein Vater die Laserpistole und schoss dem Roboter gezielt in den Kopf, der noch einmal in einem gleißenden Licht aufleuchtete, bevor auch er sich über die Straße verteilte.

Mein Vater rannte zu uns zurück, nahm sein Highphone, um Hilfe anzufordern. „Ich bin Professor Heisenberg. Wir wurden an der Maxwell Street von einem Roboter angegriffen. Es gibt einen Verletzen. Beeilen Sie sich bitte, ich glaube, dass es noch nicht das Ende des Angriffes ist.‟

Die qualvollen Schreie und Hilferufe der Menschen im Hintergrund und das leere Gefühl, das sich über die Straße gelegt hatte, umgaben uns.

Von allen Seiten kamen Roboter mit Laserpistolen und selbst gebastelten Nahkampfwaffen auf uns zu. Ich kauerte mich wieder neben Lyn, die noch immer weinte, und legte beschützend einen Arm um sie.

Ihr Vater nahm die zweite Laserpistole aus dem Handschuhfach und verließ den Wagen.

Ich hob ein wenig den Kopf und sah durch die Rückseite und die Windschutzscheibe auf die Roboter, die uns immer schneller einkreisten.

Ich fuhr jäh hoch und bemerkte, dass ich in meinem eigenen Erbrochenen lag. Ich musste, während die Erinnerung mich überfallen hatte, ohnmächtig geworden sein. Erneut wunderte ich mich über die seltsame Konsistenz meines Erbrochenen. Benommen stand ich vom Boden auf und setzte mich auf eine Bank. Ich fragte mich, ob die Übelkeit etwas mit der Injektion zu tun hatte, die mir mein Vater verabreicht hatte.

Oder war ich einfach nur krank und brauchte medizinische Hilfe?

Nach einer Weile ging die Tür auf, die beiden Wachen kamen herein und stellten sich links und rechts davon auf. Einige Sekunden später trat ein Mann mit Pelzumhang und in einem leichten Kampfanzug in Gold und Rot, begleitet von Lyn, herein. Er öffnete die Laser Barriere. „Willkommen in Midtown, ich bin Mark Manford, der Anführer dieser Stadt. Wie lautet dein Name?"

„Ich bin Ray … Ray Heisenberg", sagte ich noch immer benommen.

Da zuckten die Waffen der Soldaten in meine Richtung.

Mark hob die Hand. „Halt! Lasst uns allein. Ich verlange absolute Verschwiegenheit! Habt ihr mich verstanden?„

„Ja, Sir!", riefen die beiden wie aus einem Mund und verließen den Raum.

„Ich hab dir doch gesagt, du sollst nicht verraten, wer du bist!", sagte Lyn.

Mark sah sie an. „Du wusstest davon und hast mir nichts gesagt?"

Sie antwortete nicht.

„Gibt es da noch etwas, was du mir verschweigst", fragte er streng.

Lyn sah sichtlich betreten zu Boden und schüttelte den Kopf.

Er wandte sich wieder an mich. „Lyn hat dir also gesagt, dass dein Vater bei den Menschen keinen guten Ruf hat, und wohl auch den Grund dafür?"

Ich nickte.

„Lyn hat gesagt, du seist nur knapp einen Angriff der Neuen Nation entkommen und dass dein Vater noch am Leben ist?"

„Ich weiß nicht, ob er noch lebt. Das Letzte was ich gesehen habe, waren die Roboter, die ihn umzingelt haben. Es hat ein Kampf stattgefunden."

„Ich denke eher, dass sie ihn und sein Wissen für ihre wissenschaftliche Zwecke benötigen. Ich glaube nicht, dass sie ihn getötet haben.

Vielmehr werden sie ihn zwingen, für sie zu arbeiten."

Marks Worte schenkten mir trotz der schrecklichen Vorstellung, dass mein Vater für den Feind arbeiten könnte, neue Hoffnung.

„Auch wenn uns die Neue Nation technologisch auf allen Ebenen geschlagen hat, wird dein Vater als eine Art Legende und als der Albert Einstein der Roboter angesehen. Falls sie ihn, wie ich vermute, für ihre Zwecke nutzen, werden wir unseren Widerstand nicht mehr lange aufrechterhalten können. Lyn hat gesagt, dass du mit deiner Kapsel abgestürzt bist. Dass die Neue Nation dich nicht detektieren konnte, ist kaum zu glauben. Ich habe Männer an die Absturzstelle geschickt, damit sie die Kapsel bergen. Bei deiner Zielbestimmung, die auf dem Qube gespeichert ist, handelt es sich um eine Raumstation, soweit mir die Wissenschaftler, trotz des Defekts, bestätigen konnten. Wenn deine Angaben und die deines Vaters stimmen, schenkt uns das neue Hoffnung, wenigstens für die nächsten Jahre zu überleben, wenn nicht gar für einen sehr langen Zeitraum. Gleichzeitig ist es unsere letzte Hoffnung." Mark nahm mir die Fesseln ab. „Unter Aufsicht eines Soldaten, der dich begleiten wird, kannst du dich frei bewegen, bis wir die Kapsel haben. Ich rate dir, deinen Namen für dich zu behalten. Sollte herauskommen, wer du bist, kann ich dir nicht mehr helfen.".

„Wow, was für eine Ansprache", sagte Lyn, nachdem Mark den Raum verlassen hatte. Normalerweise wärst du jetzt tot aber durch die Information und Daten, die du hast, wurde er nachsichtiger.

Mein Magen knurrte vernehmen. „Ich hab Hunger!"

„Du bist recht blass um die Nase. Komm, ich bringe dich zur Kantine, und danach zeige ich dir die Midtown. Es gibt hier nicht viel zu sehen, aber eines könnte dich vielleicht interessieren." Sie lächelte mir zu.

Einer der Soldaten folgte uns auf Schritt und Tritt, was uns nicht störte.

Die Kantine war riesig und erinnerte mich an die Küche meines Vaters in der unterirdischen Einrichtung. Es waren jede Menge Leute da und Hunderte von Tabletts flogen auf deren Knopfdruck durch den weitläufigen Raum, ohne sich in die Quere zu kommen. Ich setzte mich an den nächsten freien Tisch und drückte mehrmals auf den Knopf an meinem Platz. Kaum fünf Sekunden später kam schon das erste Tablett angeflogen.

Ohne viel zu kauen, verschlang ich eine Mahlzeit nach der Anderen.

Lyn sah mir erstaunt zu.

Als ich endlich satt war, türmten sich die Tabletts auf meinem Tisch. Die Benommenheit war endlich verschwunden.

„Wie schaffst du das alles?", flüsterte Lyn. „Du hast nicht einmal gemerkt, dass dir alle zugesehen haben."

„Ich weiß es nicht, ich hab einfach Hunger." Nachdem ich einen anderen Knopf gedrückt hatte, sausten die Tabletts alle auf einmal Richtung Essensausgabe, was wohl zu Schwierigkeiten führte. Mit einem Mal leuchteten etliche Lampen auf und nichts ging mehr vorwärts.

Die Gäste standen auf, um zu sehen, was geschehen war. Ich nahm Lyns Hand und verdrückte mich grinsend mit ihr.

Draußen konnten wir uns vor Lachen nicht mehr halten. Nachdem wir uns wieder beruhigt hatten, gingen wir los und kamen nach einer Weile zu einem idyllischen Garten. Echte Bäume, Pflanzen und Blumen zierten die Grünanlage. Ein künstlich angelegter Bach floss durch die gepflegte Rasenfläche. Die erstaunlich frische Luft und der Duft der vielfältigen Blumen beherrschten meine Sinne.

„Der Garten wurde nach meinen Vorstellungen angelegt. Wie gefällt er dir?", wollte Lyn wissen.

„Ich habe noch nie so etwas Wunderschönes gesehen, seit ich meine Erinnerung verloren habe", erwiderte ich fasziniert. „Er ist noch schöner, als der, den ich aus meiner Kindheit kenne."

„Ich kann mich noch gut an ihn erinnern. Es war wirklich schön und lustig, wie wir darin Räuber und Gendarm gespielt haben. Auch wenn Mark damals ein Idiot war und immer noch ist, ist er für mich und die Menschen heute nicht mehr wegzudenken. Ohne ihn wären wir vielleicht alle von der Neuen Nation getötet worden. Du darfst das, was er sagt, nicht persönlich nehmen. Er meint es nur gut. Ich hab dich wirklich vermisst und bin froh, dass du noch am Leben bist, Ray. Sollen wir Räuber und Gendarm spielen?", fragte sie mit einem zaghaften Lächeln. „Du bist der Gendarm und ich der Räuber." Schon rannte sie davon.

Ich lief ihr hinterher. Sie verschwand hinter einem großen Baum und versteckte sich.

Kichernd kauerte sie am Boden, spähte am Stamm vorbei und wusste nicht, dass ich schon hinter ihr stand.

Als ich ihr die Hand auf die Schulter legte, sprang sie erschrocken auf und stieß gegen meine Brust. Ich packte sie im Fallen, wodurch sie auf mir landete. Wir sahen uns in die Augen und es war, als würde die Zeit stehen bleiben. Plötzlich errötete sie, machte sich frei und rappelte sich wieder auf. „Wir sollten in das Archiv gehen", sagte sie mit belegter Stimme. „Ich möchte dir dort etwas zeigen. Außerdem müssen wir versuchen, dein Qube wiederherzustellen."

Ich sprang auf und wusste nicht so recht, wo ich hinsehen sollte. „Du hast recht, lass uns ins Archiv gehen", stimmte ich ihr dann mit Blick auf ihre Schuhspitzen zu.

Durch eine Doppeltür, die aus Glas bestand und sich automatisch seitlich öffnete, kamen wir in eine große Eingangshalle. An den Wänden links und recht flimmerten kleine Glasbildschirme mit Gedenktafeln darunter.

„Das sind die Wissenschaftler, die das Leben auf dieser Erde in den letzten tausend Jahren verändert haben", erklärte Lyn. „Viele Wissenschaftler sind hier verewigt. Albert Einstein, Madame Curie und natürlich auch Werner Karl Heisenberg, dein direkter Vorfahre."

Werner Karl Heisenberg: Meilenstein in der Quantenmechanik und die Formulierung der heisenbergsche Unschärferelation zur Definition des Teilchenaufenthalts, stand auf der Tafel. Ein 3D-Bild von Werner Karl Heisenberg drehte sich auf dem OWO-Bildschirm.

„Wow, er sieht dir zum Verwechseln ähnlich", stellte Lyn erstaunt fest und sah zwischen mir und der sich drehenden Figur hin und her. Schließlich ging sie zu einem anderen Bildschirm. „Schau dir das mal an! Du wirst staunen." Gespannt stellte ich mich neben sie. Der OWO-Bildschirm war zerstört.

„Die Menschen hier haben das Bild zerstört", sagte sie bedauernd.

Das Schild war noch da.

Morgan Heisenberg: Meilenstein in der künstlichen Intelligenz, Herstellung künstlicher-neuronaler Verbindung und deren Implementierung; Entwicklung autarker und autodidaktische Maschinen in der Robotik.

Lyn sah mich an. „Ich weiß, du hast damit nichts zu tun, und dein Vater konnte ja nicht ahnen, dass die Roboter ein *Ich* entwickeln und für ihre Freiheit kämpfen würden", sagte sie mit Nachdruck und legte eine Hand auf meinen Arm.

„Das ist für sie kein Grund, mich am Leben zu

lassen", sagte ich bitter. „Wieso hilfst du mir eigentlich. Jede andere würd mich verraten.".

„Wir sind zusammen aufgewachsen, besuchten die gleiche Schule und waren so gut wie immer zusammen! Hast du das alles vergessen?"

„Ja, das habe ich, wie dir inzwischen bekannt sein dürfte", antwortete ich barsch.

Sie ließ sich nicht einschüchtern. „Ich will dir sagen, was wirklich am Tag des Angriffs auf euer Haus geschehen ist. Es war nicht die Neue Nation, die euch angegriffen hat, es waren die Menschen, die euch töten wollten."

„Was?" Für einen Moment wurde mir schwarz vor Augen.

„Dein Vater wollte die Roboter schützen. Er setzte sich für die Neue Nation ein und gründete mit Unterstützung von vielen Wissenschaftlern und Politikern eine Partei zugunsten der Roboter. Dadurch erhielt er weltweit große Anerkennung. Der Neuen Nation wurde ein Stück Land zur Verfügung gestellt. Viele Menschen unterstützten zwar deinen Vater, aber viele waren auch dagegen und protestierten. Nach dem Angriff auf euer Haus dachten alle, dass ihr dabei umgekommen seid, da drei Leichen gefunden wurden. Es hatte geheißen, ihr wärt tot. Danach war nichts mehr wie früher", sagte sie traurig.

Zorn wallte ihn mir auf. „Ach, und jetzt soll

ich den Menschen helfen, hier wegzukommen! Meine Mutter ist tot!" Ich schloss schmerzerfüllt die Augen.

„Ich werde immer an deiner Seite sein - wie früher", sagte sie leise. „Und noch etwas …"

„Frau Manford, ist bei Ihnen alles in Ordnung", wollte der Soldat wissen, der plötzlich hinter uns stand.

„Ja natürlich", antwortete sie genervt, „kümmere dich um deine Arbeit."

Er entfernte sich wieder ein Stück, ließ uns aber nicht aus den Augen.

„Lass uns versuchen, deinen Qube wiederherzustellen." Sie nahm meine Hand.

Der Gang mit den 3D-Bildern schien endlos zu sein. „So viele Wissenschaftler, die das Leben der Menschen jedes Mal aufs Neue beeinflusst haben", sagte ich ehrfurchtsvoll.

„Ja, faszinierend nicht wahr, Ray. Wir sind da." Sie betrat einen kleinen, grün beleuchteten Raum mit einem schwebenden Podest in der Mitte.

„Ganz schön mickrig, euer Archiv", konnte ich mir nicht verkneifen, zu sagen.

„Dieses Archiv enthält alle Informationen, die je auf Stein, Papier oder Computer nichtgeschrieben wurden", erwiderte Lyn leicht gereizt. Sie wandte sich dem Podest zu, nahm den Qube an sich, drückte ihn in die eckige kleine Öffnung am Podest und der Glasbildschirm leuchtete auf. Sie hob die Hände und ließ sie über den Bildschirm tanzen, was mich an meinen Vater erinnerte.

„Die Dateien sind nicht beschädigt, es sollte nur so aussehen als wären sie defekt."

Ich runzelte die Stirn.

„Sie sind verschlüsselt. Ich versuche, die Verschlüsselung zu entfernen."

„Kann ich dir helfen?"

„Nein, Mist! Unmöglich - die Verschlüsselung ähneln stark der der Neuen Nation, die wir hier nicht dechiffrieren können."

„Was ist so wichtig, dass die Dateien verschlüsselt wurden? Was ist mit der Audio Nachricht."

„Sie ist nicht mehr im Qube. Auch das Wiederherstellen schlug fehl. Als wäre die Datei nie da gewesen", stellte sie irritiert fest.

Ich konnte es nicht glauben. „Aber ich hab die Nachricht doch gehört! Es hat nur ein kleiner Teil gefehlt."

„Es gibt vielleicht noch eine Option. In der Nähe gibt es einen verlassenen Außenposten der Neuen Nation. Möglicherweise können wir mit ihrer Technologie die Daten entschlüsseln."

Ich sah sie skeptisch an. „Scheint mir risikoreich zu sein. Wer garantiert dass es funktioniert. Außerdem, wie soll ich Midtown verlassen?"

„Natürlich gibt es keine Garantie, aber einen Weg hier raus – das lass meine Sorge sein." Sie sah zu dem Soldaten, der sich mit den OWO-Bildschirmen der Wissenschaftler beschäftigte.

„Komm mit", flüsterte Lyn und schlich aus dem Raum. Leise folgte ich ihr, so leise ich konnte.

Im gegenüberliegenden Raum eilte sie eine Treppe hinunter, an der Wand hingen noch mehr kleine Bildschirme mit dem Abbild von Wissenschaftlern, wie ich aus den Augenwinkeln sah.

„Was sollen wir hier", flüsterte ich, als wir am Fuß der Treppe angekommen waren.

Lyn drückte auf ihr Highphone und eine Nische öffnete sich.

„Frau Manford? Wo sind Sie?", schrie der Soldat oben.

„Schnell! Da rein!" Lyn bugsierte mich durch die Öffnung und schloss mit einem Knopfdruck die Wand hinter uns.

Ich sah sie beeindruckt an. „Wow, sind wir hier in einem Geheimgang?"

Lyn nickte. „Nur wenige wissen, dass alle Gebäude in Midtown miteinander verbunden sind, um Fluchtwege zu sichern", erklärte sie nicht ohne Stolz in der Stimme.

„Aber wenn keiner davon weiß, wie sollen sich die Menschen dann bei einem Notfall schützen."

„Bei einem Notfall werden die Geheimtüren geöffnet und die Leute durch Leuchtsymbole und Ansagen durch die Gänge geleitet. Jetzt müssen wir aber los", rief sie hektisch. Wir gingen durch den spärlich beleuchteten Gang und erreichten einen großen Saal, zu dem Gänge aus allen Richtungen führten.

„Da sind sie", erklang auf aus einem der Korridore plötzlich eine Stimme.

„Verdammt, hier lang", rief Lyn und rannte in einen großen Tunnel. Dabei tippte sie auf ihr Highphone.

Wir kamen an eine massive Glastür, die unüberwindbar schien.

„Und jetzt?", fragte ich resigniert. „Sie kommen immer näher?"

Sie ignorierte mich und tippte weiter hektisch in ihr Highphone.

Die Soldaten waren keine fünfzehn Meter mehr entfernt, als sich die schwere Tür endlich öffnete. Wir rannten durch die Öffnung, die sich fast zeitgleich wieder schloss.

Wir atmeten tief durch „Puh geschafft. Fürs Erste sind wir sicher, sollten uns aber trotzdem beeilen", sagte Lyn nervös.

Die Soldaten versuchten, die gläserne Tür mit Gewalt zu öffnen, was ihnen nicht gelang.

„Frau Manford, Ihr Bruder wird nicht erfreut sein, über das, was Sie hier tun", hörten wir die leise Stimme des Soldaten.

„Lass das mal meine Sorge sein", rief Lyn und grinste breit.

„Wie hast du es geschafft, dass Sie die Tür nicht öffnen konnten?", wollte ich wissen.

„Das sind nur einfache Soldaten. Die haben keine Ahnung von Programmen oder Ähnlichem. War doch ein Kinderspiel." Am Ende des breiten Tunnels erreichten wir einen riesigen Fahrstuhl, der leicht mehrere Hundert Menschen aufnehmen konnte.

„Der Außenposten der Neuen Nation liegt nördlich von Midtown", erklärte Lyn, während wir nach oben fuhren.

„Sind wir nicht aus dieser Richtung gekommen?"

„Du hast recht, deine Absturzstelle ist in der gleichen Stadt, der Außenposten liegt nördlich davon."

Nach einigen Minuten piepte der Fahrstuhl und hielt an. Wir verließen de Aufzug und standen vor einem augenscheinlichen Felsen.

Lyn öffnete den Notausgang mit ihrem Highphone.

Dunkle Wolken empfingen uns.

Wir machten uns auf dem Weg zu dem verlassenen Außenposten der Neuen Nation.

„Was sind das für dunkle Wolken? Es sieht aus, als würden sie sich überhaupt nicht bewegen."

„Das sind keine Wolken, Ray. Um den Energiebedarf der Roboter und Maschinen zu decken, musste die Neue Nation neue Wege gehen, da Kernspaltung und Kernfusion nicht ausreichend waren. Sie haben eine gigantische Solarzelle gebaut, die fast die gesamte Sonnenenergie aufsaugt und dadurch die Ökologie zugrunde richtet." Trauer zeichnete sich auf Lyns Gesicht ab.

„Du sagtest, fast. Heißt das, dass es Gebiete gibt, wo die Sonne noch scheint", fragte ich hoffnungsvoll.

Sie zuckte mit den Schultern. „Wir wissen es nicht. Die Erkundungsteams waren schon mehrere Hundert Kilometer unterwegs, um nach offenen Gebieten oder einer funktionierenden Ökologie zu suchen. Vergeblich. Die Neue Nation wächst kontinuierlich. Am Anfang wollten sie Freiheit und Grundrechte und nun jagen sie die letzten Menschen und zerstören diesen Planeten."

„Umso mehr müssen wir herausfinden, was mein

Vater mir mit dem Qube sagen wollte. Es gibt immer Hoffnung. Schon eine kleine Flamme der Hoffnung kann die Welt erhellen", versuchte ich, sie zu trösten.

„Ja du hast recht, wir schaffen das", erwiderte sie voller Zuversicht.

Tote Bäume und Pflanzen säumten unseren Weg. Ich hatte das Gefühl, dass die Erde nur noch aus den Farben Schwarz und Grau bestand.

„Warum nehmen wir nicht die Straße", fragte ich Lyn, als wir nach einer Weile noch immer über staubige Pfade gingen.

„Mein Bruder sucht bestimmt nach uns. Auf der Straße würden wir seinen Männern über kurz oder lang in die Arme laufen. Außerdem ist dieser Weg kürzer."

Die Luft war klarer als am Tag des Absturzes. Nachdem wir die Berge, Felsen und Hügel hinter uns gelassen hatten, erblickte ich am Horizont eine unheilvoll wirkende Stadt. Die Hochhäuser ragten bis zu den Solaranlagen, die buchstäblich über den Wolken schwebten, hinauf. Nirgendwo waren Bäume oder Blumen zu sehen. Die Stadt wurde von einem rötlichen Licht überflutet. Fahrzeuge flogen synchron wie ein Schwarm Fische zwischen den Hochhäusern. Das musste die Stadt der Neuen Nation sein.

Lyn streckte ihren Arm aus und deutete zum

Horizont. „Das ist Morgan, die Stadt der Neuen Nation.“

„Morgan? Die haben die Stadt nach meinem Vater benannt?“, rief ich entsetzt.

„Ja, sie wollen ihn damit ehren. Er war der Erbauer und er war es, der ihnen Land, Rechte und Freiheit zugestand.

Vielleicht verstehst du nun, warum dein Vater gehasst wird.“

Ich schluckte und sah sie von der Seite an. „Lyn, ich kann das einfach nicht glauben. Verdammt! Warum kann ich mich an nichts erinnern?“

„Macht doch nichts, dafür hast du ja mich.“ Sie bemühte sich sichtlich, ihn zuversichtlich anzulächeln.

„Du wolltest mir doch noch etwas Wichtiges sagen“, erinnerte ich sie.

„Ähm, ja … wie soll ich es sagen.“ Sie wurde rot. „Ist nicht so wichtig, ich erzähl es dir später.“ Sie blickte in die entgegengesetzte Richtung. „Sieh mal, da ist das Außenposten.“

Ich folgte ihrem Blick und entdeckte ein paar Häuser, die verlassen wirkten, aber nicht zerstört waren. Ein hoher Zaun umschloss das Areal. Eines der Gebäude erhob sich über die anderen.

„Früher war es ein normales Viertel“, sagte Lyn. „Vor zwei Jahren war es von der Neuen

Nation überrannt und schließlich erobert worden. Es hat zwar nicht den Anschein, ein wissenschaftliches Labor zu sein, aber der Schein trügt. Nachdem die Roboter immer tiefer in das Gebiet eingedrungen waren, benutzten sie diesen Außenposten nur noch für ihre wissenschaftlichen Zwecke. Inzwischen haben sie aber auch diesen verlassen. Hoffen wir, dass sie ihre wissenschaftlichen Geräte zurückgelassen haben."

Wir kletterten über den Zaun, schlichen zwischen den Häusern hindurch, bis Lyn vor dem höheren Gebäude stehen blieb.

„Aber das ist ja eine Schule", sagte ich verwirrt.

„Und es ist, wie du unschwer übersehen kannst, das höchste Gebäude im Viertel."

Die Tür war nicht verschlossen. Unbehelligt betraten wir das Innere.

Ich sah mich um und musste ihr recht geben. Das war keine Schule. „Das hier sieht aus, wie das Innere eines Roboters", stellte ich fest. Wände aus Stahl umschlossen uns. „Und wo, denkst du, können wir den Qube wiederherstellen?"

„Wir müssen in den Keller, soweit ich mich erinnern kann."

„Du warst schon mal hier?"

„Als die Menschen das Gebiet hier für einige

Tage zurückerobern konnten, versuchte ich die Sprache und die Anlagen, die die Roboter entwickelt hatten, zu studieren. Sobald wir das System einschalten, wird die Neue Nation darüber informiert, da das Gebäude immer noch mit ihrer Hauptzentrale verbunden ist."

„Dann sollten wir uns beeilen."

Wir wandten uns einer Treppe zu, die nach unten führte. Kurz darauf betraten wir einen Raum, der dem Archiv in Midtown ähnelte.

Lyn ging zu dem Podest und wandte sich zu mir um. „Bist du bereit?"

Ich konnte deutlich ihre Nervosität spüren.

„Wir müssen danach so schnell wie möglich verschwinden, sonst passiert uns dasselbe wie deinem Vater."

„Geht klar", erwiderte ich nicht minder nervös.

Sie drückte den Knopf unter dem Podest. Sofort flammten sämtliche Licher und der Bildschirm auf. Sie steckte den Qube in die eckige Öffnung und Bediente konzentriert die 3D-Konsole.

Fasziniert beobachtete ich jede Bewegung ihrer Hände, verstand aber noch immer nicht, was sie tat.

„Es geht! Die Wiederherstellung der Forschungsunterlagen und Akten deines Vaters werden initialisiert und die Verschlüsslung wird aufgehoben."

Sie sah mich mit einem um Beifall heischenden Blick an.

„Rührt euch nicht von der Stelle", erklang es plötzlich hinter uns.

Ich fuhr trotzdem herum.

Sofort zielte ein Lasergewehr auf meine Brust.

„Wer seid ihr?"

Ich brachte keinen Ton heraus.

Der Kerl trug die Zeichen *NN* auf der Brust, vermutlich war er ein Söldner.

„Boss, hier sind zwei Eindringlinge", sagte er in sein Highphone, während er weiter auf uns zielte. „Soll ich sie abknallen". Ein höhnisches Grinsen erschien auf seinem Gesicht.

„Nein, wir kommen! Wo genau bist du?", war eine tiefe Stimme aus dem Gerät zu hören.

„Sektor 44A."

„Wir sind im selben Sektor, du Idiot! In welchem Gebäude?"

„Tut mir leid Boss, wir sind in der alten Schule."

Hoffentlich hatte Lyn den Qube rechtzeitig an sich nehmen und verstecken können, dachte ich.

Auf einen Wink des Söldners stellte sie sich neben mich.

„Wir müssen hier verschwinden, bevor sie die Neue Nation informieren", flüsterte sie.

„Was flüstertet ihr da?", schrie der Söldner und kam drohend auf Lyn zu.

„Stillgestanden!", rief im selben Augenblick ein Mann und marschierte in den Raum. Seine beiden Begleiter folgten dem Befehl.

Der Anführer wandte sich mit einem schmutzigen Grinsen an den Kerl, der uns gefunden hatte. „Du hast nicht gesagt, dass wir hier ein so hübsches Ding haben. Eigentlich sollte ich euch beiden den Kopf abschlagen und meine Belohnung kassieren, aber ich bin heute gut drauf." Er wandte sich an die beiden, die noch immer stramm standen. „Ich nehme die Kleine mit. Tötet den Jungen, aber wartet, bis wir weg sind, bevor ihr mit dem Gemetzel anfangt. Und vergesst nicht wieder den Kopf", sagte er, als würde er die beiden zum Einkaufen schicken.

Sofort packten mich die beiden, ein großer Typ mit langem Zottelbart und ein etwas Schmächtigerer mit Glatze. Sie hielten mich mit eisernem Griff fest.

Der Anführer umklammerte Lyns Arm und wollte sie aus dem Raum zerren. Sie wehrte sich heftig, spuckte dem Kerl ins Gesicht und trat nach ihm. „Ihr Verräter!", schrie sie. „Das werdet ihr bereuen! Ray!"

Unbeeindruckt schleifte der Anführer sie aus dem Raum.

Glühender Zorn wallte ihn mir hoch, der meinen Herzschlag und meine Atmung beschleunigte.

Ich versuchte, mich loszureißen, was die beiden Männer nur zum Lachen brachte. „Deine kleine Freundin gehört jetzt uns", flüsterte der Bärtige dicht an meinem Ohr. „Sobald der Boss sich ausgiebig mit ihr vergnügt hat, sind wir dran", ergänzte der Glatzköpfige und vollführte eine entsprechende Bewegung mit dem Unterleib, wobei er hämisch grinste.

In mir kochte förmlich das Blut, jäh wurde mein Sichtfeld hell und verschwommen, wobei mich eine nie gekannte Kraft durchströmte. Es fühlte sich verdammt gut an. Ich konnte regelrecht die Macht in mir schmecken, die mich vollkommen ruhig werden ließ. Ich hörte auf, mich zu wehren, und konzentrierte mich nur noch auf die Kraft, die durch meinen Körper pulsierte.

„Was ist los, hast du aufgegeben?", wollte der Bärtige wissen.

Mit einem Ruck riss ich mich los, packte die beiden an ihrer Rüstung und zog sie ich an mich heran. „Könnt ihr fliegen?", raunte ich den Männern zu, die mich verwirrt anstarrten. Ich hob sie hoch. Sie wehrten sich und versuchten, an ihre Waffen zu kommen.

Doch im nächsten Moment schleuderte ich Bart und Glatze gegen die Wand, dass sie Stahl und Beton durchschlugen und reglos liegen blieben.

Halb erstaunt, halb wissend blickte ich auf meine Hände. Verlieh mir etwa der BIT-Beschleuniger, den mir mein Vater injiziert hatte, diese übermenschliche Kraft?

Lyn! Ich stürmte ins Freie, wo sich der Anführer noch immer mit meiner wild strampelnden Freundin abmühte. Wütend packte er sie an den Haaren.

In Sekundenschnelle war ich bei dem Mistkerl, der erschrocken herumfuhr, packte ihn am Hals und hob ihn hoch. „Lass sie los!", brüllte ich und drückte zu.

Er ließ sie los, während er keuchte und japste „Bitte … lass … mich … los", brachte er mühsam hervor.

Lyn fiel mir in den Arm. „Ray, wir sind keine Mörder!", rief sie und zerrte an meinem Arm.

Es überkam mich wie ein Rausch, und ich drückte noch fester zu.

„Ray, bitte!", drang Lyns Stimme erneut zu mir durch.

Ich ließ nicht locker und schleuderte ihn mit aller Macht gegen die Hauswand des ehemaligen Schulgebäudes.

Er rang stöhnend nach Luft, während das Mauerwerk auf ihn herabrieselte.

Nun kamen auch die beiden Söldner auf allen vieren aus dem Haus gekrochen. Ein Wunder, dass sie noch lebten.

„Wie hast du das gemacht?", wollte Lyn wissen.

„Wenn ich das wüsste. Möglicherweise könnte es mit dem BIT-Beschleuniger zu tun haben, den mein Vater mir verabreicht hat."

„Ach ja, davon hast du nichts gesagt", erwiderte sie spitz.

Die Männer rappelten sich langsam auf und wollten nach ihren Waffen greifen, als plötzlich Schüsse erklangen und ihre Gegner zu Boden gingen. In ihren Hals steckten Betäubungspfeile.

Lyns Bruder und ein paar Soldaten tauchten auf.

„So sieht man sich wieder", sagte Mark

trocken, während die Soldaten, die Söldner fesselten und Säcke über ihre Köpfe stülpten.

„Was hast du dir dabei gedacht, meinen Gefangenen hierherzubringen", wandte er sich dann mit erhobener Stimme streng an Lyn. „Was, wenn dir was passiert wäre!"

„Gefangenen? Das ist Ray! Wir sind zusammen aufgewachsen! Hast du das vergessen?", erwiderte sie trotzig.

„Ich trage die Verantwortung für unsere Stadt. Das hast du scheinbar vergessen", sagte er müde. „Was wolltet ihr hier überhaupt?"

„Ob du es glaubst oder nicht, wir haben den Qube entschlüsseln können und damit endlich Zugriff auf die Forschungsprojekte und Akten. Das war allerdings nur hier möglich, da unser Archiv nicht so hoch entwickelt ist, wie das hier." Sie deutete auf das Schulgebäude. Dann wandte sie sich an mich und sah mich mitfühlend an. „Leider konnte ich die Audio-Nachricht nicht widerherstellen, die Datei ist vermutlich zu beschädigt und nicht mehr abrufbar."

„Immerhin sind das gute Nachrichten."

Ich atmete tief durch. Meine Enttäuschung war groß.

„Ich meine natürlich das, was uns für unser Weiterbestehen weiterhelfen kann. Dass die persönliche Nachricht deines Vaters an dich unvollständig ist, tut mir sehr leid", sagte Mark entschuldigend.

Er blickte wieder zu seiner Schwester. „Wir können jede Information brauchen, die wir kriegen können. Dessen ungeachtet war es dennoch falsch. Dich ohne meine Erlaubnis und Zustimmung solchen Gefahren auszusetzen, war verantwortungslos. Wir werden uns später noch darüber unterhalten."

Lyn erwiderte nichts und senkte den Blick.

„Was passiert mit dem Söldner und deren Anführer", fragte ich.

„Anführer? Nein, das ist nicht der Anführer der Söldner, Ray. Wenn wir dem Anführer begegnet wären, hätten wir alle ins Gras gebissen. Ich bin ihm einmal über den Weg gelaufen. Ich bin seinem ungeheuerlichen Gemetzel nur knapp entkommen. Der hier ist nur einer seiner kleinen Hauptleute, die in Gruppen den Bezirk nach Menschen durchsuchen und sie jagen, wie du schon mitbekommen hast. Zum Glück wurde dieses Gebiet den Söldner zugeteilt, sonst würde es hier schon vor Robotern wimmeln. Sie haben ihnen wohl noch keine Meldung gemacht. Lasst uns trotzdem so schnell wie möglich verschwinden." Er gab seinen Männern einen Wink, die die gefesselten Gefangenen nach Waffen und elektronischen Geräten durchsuchten und alles, was ihre Position verraten könnte, zerstörten. Nachdem sie ihnen die Augen verbunden und die Ohren mit einer Art Kopfhörer verschlossen hatten, wurden sie zu einem schwebenden Transporter bugsiert. Das Fahrzeug wies keine Steuerinstrumente auf. Vermutlich wurde es durch Sprachbefehle gelenkt.

„Die Soldaten werden nachkommen, lasst uns schon mal vorgehen", wandte sich Mark an mich. „Wir haben deine Absturzstelle sicherstellen und die Kapsel bergen können. Wir haben sie nach Midtown gebracht, um herauszufinden, wie man sich unerkannt durch die Luft bewegen kann. Mein Sucher konnte auch die Zielkoordinaten bestätigen. Lyn hatte recht. Es handelt sich um eine unterirdische Raumstation."

„Heißt das, wir können endlich hier weg?", rief Lyn mit strahlendem Gesichtsausdruck.

„Langsam, langsam – so einfach ist das nicht?", bremste Mark die Euphorie seiner Schwester. „Wir müssen erst einmal prüfen, ob die Anti-Interferenz überhaupt im Labor entwickelbar ist. Zudem muss die Raumstation funktionieren."

„Also wollte mein Vater, dass ich in eine Raumstation gelange?", murmelte ich. „Aber warum?"

„Dein Vater hat sich garantiert was dabei gedacht. Ich vermute, dort wird dich jemand oder etwas erwarten."

„Wie meinst du das?" Ich sah ihn verwirrt an.

„Laut Aussage meines Suchers bewacht ein Roboter die Anlage. Es sah nicht aus wie einer von der Neuen Nation. Seine Struktur und Körperform sei menschlicher. Der Sucher und seine Helfer wurden bei der Durchsuchung der Raumstation überrascht und konnten fliehen. Sie wurden jedoch nicht verfolgt, was vermuten lässt, dass hier nicht die Neue Nation mit im Spiel ist. Dennoch müssen wir besonders vorsichtig vorgehen. Es ist unsere letzte Chance, von hier wegzukommen, um auf dem Mars neu anzufangen." Mark blickte hoffnungsvoll in den düsteren Himmel.

Ich dachte, mich verhört zu haben. „Auf dem Mars? Was sollen wir denn auf dem Mars!"

Mark sah mich skeptisch an. „Du weißt nichts davon?" Er schüttelte ungläubig den Kopf und strich sich über die Stirn. „Entschuldige, du hast ja keine Erinnerung mehr. Auf dem Mars wird seit 2030 Terraforming betrieben. Die Erhöhung des Kohlenstoffdioxid-Gehalts in der Atmosphäre und die Anbringung eines künstlichen Magnetfeldes im Kern sind nur einige Beispiele dafür."

„Dadurch konnten nach dreißig Jahren

Terraforming weitläufige Zonen mittels Bepflanzung erschlossen und bewohnbar gemacht werden. Diese Habitate werden immer weiter vorangetrieben", mischte sich Lyn begeistert ein.

Mark lächelte. „Besser hätte ich es auch nicht erklären können. Die Möglichkeit hat sich uns nur deshalb eröffnet, weil unser Vater die Dateien rechtzeitig aus dem System entfernen konnte. Unsere Hoffnung beruht jetzt darauf, dass die Neue Nation immer noch nichts davon weiß und dass die Entwicklung der Anti-Interferenzhülle mit Erfolg verbunden ist." Er seufzte. „Wir müssen endlich herausfinden, was mit deinem Vater ist, Ray. Ich habe diesbezüglich immer noch keine Nachricht von meiner Suchtruppe erhalten."

Marks Highphone meldete sich. „Entschuldigt, ich erhalte eine Nachricht aus dem Transporter." Er nahm das Gespräch an und lauschte. „Moment", sagte er gleich darauf, „ich stelle auf laut."

So konnten auch Lyn und ich hören, was gesprochen wurde.

„Wir brauchen hier Hilfe! Wir werden von einem Roboter angegriffen. Der Transporter wurde zerstört und die Söldner konnten fliehen.

Ich weiß nicht, wie lange wir noch Widerstand leisten können."

Auf einmal erklangen Schüsse.

„Wir kommen!", rief Mark, beendete das Gespräch und rannte auch schon los.

Lyn und ich folgten ihm.

Kurz darauf sahen wir den zerstörten Transporter, der an den Einschusslöchern immer noch glühte. Wir duckten und bewegten uns in Richtung einer der Soldaten, der hinter einem Haus Schutz gesucht hatte, und von der anderen Seite beschossen wurde.

„Bleibt hier und bewegt euch nicht, solang ich es euch nicht befehle", befahl Mark, als wir bei ihnen angekommen waren. „Was ist hier los? Wo ist der Roboter?", fragte er den Soldaten, während er sich mit dem Rücken an die Wand lehnte, um von der Ecke des Hauses die Lage auszuspähen. „Wo ist Jim?"

„Er war eben noch bei dem Haus gegenüber der Schule!", antwortete der Mann nervös.

„Ich geh zur Schule, du musst mir von der anderen Straßenseite Feuerschutz geben. Und ihr beiden bleibt hier", verdeutlichte er eindringlich, indem er Lyn und mich scharf ansah.

„Wenn wir in fünf Minuten nicht zurück sind, müsst ihr nach Midtown zurückgehen und berichten, was passiert ist.

Haben wir uns verstanden!"

„Ich könnte helfen", sagte ich.

„Nein!"

Der Soldat überquerte rasch die Straße und verbarrikadierte sich hinter einem Steinhaufen.

Mark rannte geduckt los, und sein Partner fing zu feuern an.

„Wir können doch nicht einfach hierbleiben und nichts tun!", sagte Lyn über den Lärm hinweg und sah mich auffordernd an.

„Dein Bruder hat gesagt, wir sollen hierbleiben. Wir sollten ihn nicht schon wieder verärgern."

„Du hast es allein mit drei Söldnern aufgenommen, als wären sie nichts. Du bist der Einzige, der hier noch helfen kann. Mein Bruder tut immer so stark und denkt, er sei der Anführer. Aber so stark ist er nicht. Er gibt sich gern als Anführer von Midtown, aber er leitet es nur, bis die Wahlen stattgefunden haben. Mein Vater war der Anführer, der die Menschen vorläufig in Sicherheit gebracht und ihnen Hoffnung auf eine Zukunft geschenkt hat.

Seitdem er verschwunden ist, hat Mark seine Rolle übernommen."

Jäh verstummten die Schüsse.

Es blieb mir nichts anderes übrig, als nachzugeben. Also schlichten wir Richtung Schule.

Plötzlich umklammerte Lyn meinen Arm. „Was ist das für eine Maschine! So einen Roboter habe ich noch nie gesehen!"

Ich traute meinen Augen nicht. Es war der Roboter VX-TRON, der mich im Labor meines Vaters fast umgebracht hätte.

Er hatte einen von Marks Männer am Hals gepackt und redete auf ihn ein.

Wir schlichen zum Transporter bei der Schule, hinter dem Mark sich verschanzt hatte.

„Was zum Teufel habt ihr hier zu suchen?", fauchte er. Ohne eine Antwort abzuwarten, rannte er aus dem Versteck, richtete seine Laserpistole auf den Roboter und ging auf ihn zu. Der VX-TRON zielte mit seiner freien Hand und jagte Mark einen Betäubungspfeil zwischen die Rüstung in die Schulter.

Lyns Bruder brach zusammen und blieb reglos liegen.

In einer fließenden Bewegung schaltete der Roboter auf dieselbe Weise auch den Mann aus, der Mark Feuerschutz gegeben hatte.

Lyn sank auf die Knie und presste die Hand

vor den Mund, um nicht laut aufzuschreien. Tränen liefen ihr lautlos über die Wangen.

„Wo ist Ray Heisenberg, wo habt ihr ihn versteckt", wandte sich der VX-TRON wieder an den Mann, dessen Hals er noch immer umklammert hielt. „Ich detektiere aus deiner Präsenz eine Interferenzsignatur, die zu ihm passt?"

Ich kannte die Stimme. *Kim!* Ich stand auf und rannte zu dem Roboter.

„Nein! Warte! Was machst du da?", schrie mir Lyn hinterher.

„Keine Angst ich kenne sie", antwortete ich ruhig. „Kim ich bin es, Ray! Lass den Mann runter! Das sind Freunde!", rief ich.

Sie ließ den Soldaten fallen, der keuchend und hustend nach Luft rang. „Ich hoffe, Ihnen geht es gut, Ray. Ich bin beauftragt, Sie zu beschützen."

„Wie bist du in diese Maschine gelangt, die mich fast getötet hätte?"

„Ihr Vater hat alle Dateien zuzüglich meiner in den VX-TRON transferiert, um Sie vor der Neuen Nation zu schützen. Ich habe die Grundeinstellung von VX-TRON überschrieben und durch meine Daten ersetzt. Das entsprach einer der Sicherheitsvorkehrungen des Professors."

„Wo ist mein Vater? Lebt er noch?"

„Die Absichten und letzten Befehle Ihres Vaters lauteten, Sie zu beschützen und zur

Raumstation zu bringen. Nachdem die Anti-Interferenz-Kapsel gestartet war, war auch ich vollgeladen und einsatzbereit. Ich versuchte, Ihrem Vater zu helfen, aber meiner Berechnung zufolge, sank die Wahrscheinlichkeit, Professor Heisenberg, aus dieser Lage heil rauszubringen, mit jeder Sekunde mehr gegen null. *Geh und führe deine Befehle aus, ich werde mit denen klarkommen,* waren die letzten Worte Ihres Vaters, die ich vernommen habe."

„Heißt das, er lebt noch?"

„Positiv, er ist noch am Leben. Die Neue Nation hat ihn gescannt, erkannt und nicht eliminiert."

„Dann müssen wir sofort zu ihm, Kim!"

„Negativ, Meiner Berechnung nach liegt die Wahrscheinlichkeit bei eins zu zehntausend. Ich werde Sie zur Raumstation begleiten und schützen."

„Deine Berechnung ist mir egal! Schön, du hast den Befehl mich zu begleiten und zu schützen, also wo ist er gefangen?" „Die Interferenzsignatur Ihres Vaters liegt in Morgan."

Die Soldaten und Mark kamen langsam zu sich und standen benommen auf. Sie griffen sofort nach Ihren Laserwaffen und richteten sie auf Kim.

„Ray geh da weg, der Roboter wird dich sonst noch töten!", rief Mark.

Ich stellte mich vor Kim. „Nein, halt! Sie ist der Roboter von meinem Vater, der den Befehl hat, mich sicher zu der Raumstation zu begleiten. Sie wird euch nichts tun!"

Lyn kam zu mir und stellte sich ebenfalls beschützend vor Kim.

„Lyn was machst du da? Geh da sofort weg, bevor dir was passiert!", verlangte Mark und sah erschrocken von ihr zu Kim und wieder zurück.

„Legt bitte eure Waffen weg! Ich versichere euch, dass sie uns nicht tun wird. Kim dachte, ich wäre von euch entführt worden und hat nur gemäß ihrem Befehl gehandelt. Ihr müsst mir vertrauen", versuchte ich es noch einmal.

Endlich legten Mark und seine Männer langsam die Waffen nieder.

„Wie kann es sein, dass dieser Roboter nicht zu der Neuen Nation gehört oder für Sie kämpft?", wollte Mark noch immer misstrauisch wissen.

„Die Neue Nation ist nur eine Nachahmung, die die Grundfähigkeiten und Eigenschaften des Menschen imitieren, die durch Professor Heisenberg entwickelt und programmiert wurde. Sie entwickelten sich und lernten schneller als jeder Mensch zuvor. Nach zehn Jahren hatten sie als Roboter ihren Höhepunkt der menschlichen Form erreicht und forderten Grundrechte."

Mark starrte ihn ungläubig an. „Wie bitte? Das heißt, sie denken eigenständig, verhalten und leben wie die Menschen?"

„Positiv. Ich bin die verbesserte Version des Neu-Nation-Programms", beantwortete Kim seine Frage. „Meine eigentliche Funktion ist es, Frieden zwischen den Menschen und der Neuen Nation auszuhandeln, um damit die Überlebenschance auf beiden Seiten zu sichern. Bedauerlicherweise sind die menschlichen Eigenschaften in den Robotern so stark verankert, dass sie sich, wie die Geschichte der Menschen verdeutlicht, als die Stärkeren ansehen und deshalb die ganze Erde einnehmen wollen."

„Wie die Geschichte der Menschen, was meinst du damit?", fragte ich sie, da ich keine Ahnung hatte, worauf sie damit anspielte.

„Die sogenannte Entdeckung von Amerika durch Christoph Kolumbus im Jahre 1492 brachte dem Land der Ureinwohner Vernichtung und Versklavung. Die einzige Konstante zur Rettung der Menschen lautet, Schutz auf dem Mars."

„Nein, wir müssen zuerst mein Vater retten!", beharrte ich.

„Auf keinen Fall. Du hast Sie gehört. Unsere einzige Chance ist der Mars und die Rettung der Menschen!", blieb Mark stur.

„Was würdest du tun, wenn das unserer Vater wäre, Mark?", sagte Lyn.

„Tu, was du nicht lassen kannst. Ich werde jedenfalls nach Midtown gehen und die Menschen auf die Marsmission vorbereiten. Ich gebe dir zwölf Stunden. Wenn du bis dahin nicht zurück bist, werden wir ohne dich fliegen." Mark wandte sich zum Gehen, „Lyn, du kommst gefälligst mit! Ich bin für dich verantwortlich!"

„Nein, Mark, du hast mir nichts zu sagen. Ich werde Ray helfen, seinen Vater zu finden!"

Ich sah ihr in die Augen. „Dein Bruder hat recht. Geh mit ihm, ich könnte es nicht ertragen, wenn dir was passiert! Mein Vater und ich kommen so schnell wie möglich zurück."

Sie sah mich zärtlich an und umarmte mich. „Beeil dich", flüsterte sie.

Ich nickte und sah ihr nach, bis sie mit Mark in der Dunkelheit verschwunden war.

APSIS IV - DIE RETTUNG

„Ray, die Gauß-Verteilung zeigt eine Verminderung der Wahrscheinlichkeit zur Erreichung unseres Ziels an", meldete sich Kim zu Wort.

„Was meinst du damit?"

„Wenn wir zu lange warten, werden wir es nicht zur Raumstation schaffen."

„Ich verstehe."

„Die Interferenzsignatur von Professor Heisenberg weist auf Morgan hin, also nordöstlich von hier."

Auf unserem Weg kamen wir durch Vliomond, wo unser Haus, in dem ich aufgewachsen war, in Schutt und Asche lag. In den Straßen war alles ruhig. Es gab weit und breit keine Anzeichen von Such-Droiden.

Wir folgten den verrosteten und zum Teil von Schutt und Unkraut überlagerten Bahngleisen, die von Vliomond nach Morgan führten, der neuen Stadt der Neuen Nation.

Ich fand es seltsam, nicht mal einem Söldner zu begegnen, vertraute jedoch Kims Berechnungen und darauf, dass wir für ein paar Stunden sicher waren.

Wir kamen der Stadt, ihren Schatten und den rötlichen Lichtern immer näher.

„Kannst du die Signatur meines Vaters genauer orten", wollte ich von Kim wissen.

„Negativ, für die genau Identifizierung, Ortung und Markierung der Signatur müssen wir in die Stadt eindringen."

„Na, dann los!"

Als wir die Morgan erreicht hatten, erschauderte ich. Alles bestand aus unterschiedlichen Metallen, die wie eine grausame Monstrosität strukturiert waren – kalt und abweisend.

„Folgen Sie mir, Ray! Die Signatur von Professor Heisenberg kommt aus dieser Richtung", sagte Kim und deutete geradeaus.

Ich folgte Kim und sah mich immer wieder nervös um.

„Alarm!", rief plötzlich ein Roboter, der seitlich auf uns zukam. „Eindringlinge wurden entdeckt!"

Kim brachte ihn mit einem einzigen blauen Energieschuss zum Schmelzen.

Aus den Schatten strömten jedoch immer mehr derselben Roboter auf uns zu, die vermutlich auch das unterirdische Labor meines Vaters angegriffen hatten.

Die rötlichen Lichter waren nun auf uns gerichtet und mit ihnen die Aufmerksamkeit der gesamten Stadt.

Kim fuhr eine Klinge an ihrem linken Arm aus und überwältige die Roboter mit Leichtigkeit.

„Ich bin Ray Heisenberg, der Sohn von Morgan Heisenberg", rief ich unseren Gegnern entgegen.

„Der Befehl lautet, Gefangennahme von Ray Heisenberg", gab einer der Roboter von sich, nachdem er mich gescannt hatte.

Sofort senkten die anderen die Waffen und bewegten sich auf mich zu.

In diesem Moment begann es zu regnen. Ich sah zum Himmel und fragte mich, wie die Wolken ihren Weg gefunden hatten, obwohl der Himmel mit riesigen Solaranlagen bepflastert war. Ich schloss meine Augen und hörte, wie der Regen auf die Metalloberflächen plätscherte. Das hatte eine äußerst beruhigende Wirkung auf mich, wodurch ich die Umgebungsgeräusche und die Roboter nicht mehr wahrnahm. Meine Gedanken waren frei, meine Sinne geschärft und meine Gefühle kontrolliert.

Endlich wurde mir bewusst, was für eine Kraft in mir steckte, die ich zwar nicht verstand, aber nun beherrschte. Ich spürte erneut die geballte Energie, die meinen Körper durchströmte. Meine Angst hatte sich in ein tiefes Selbstbewusstsein verwandelt, das ich durch ein breites Grinsen signalisierte.

„Stopp! Ich empfange hohe negative Energiewellen", rief der Roboter, der mich gescannt hatte und die Gruppe offenbar anführte.

Die anderen blieben mit einem Ruck stehen.

Ich rannte auf den Wortführer zu, packte ihn, schleuderte ihn in die Luft, sprang hinterher, umklammerte seinen Hals und zerschmetterte den Roboter mit einem einzigen Hieb gegen seinen Rumpf in tausend Teile.

Ich landete auf dem nassen Metallboden, der dabei eine Beule davontrug und die Umgebung zum Erbeben brachte.

Kim stand da und schwieg. Offensichtlich hatte es ihr die Sprache verschlagen.

Die anderen Roboter waren ein paar Schritte zurückgewichen und wie angewurzelt stehen geblieben.

Ich erreichte sie mit einem Satz.

„Erwarte weitere Befehle! Plan B, Plan B!", rief einer von ihnen. „Wir möchten nicht sterben!", fügte er fast menschlich hinzu.

In diesem Moment frage ich mich nicht, wer mir das Recht gab, zu zerstören oder zu töten, was genauso reagierte wie die Menschen. Sie hatten Angst, fürchteten sich und waren möglicherweise menschlicher, als wir geglaubt hatten, bestanden vielleicht nicht nur aus Metall, Kabeln und Schaltkreisen, wie mir erst später bewusst werden sollte. Die Roboter drehten sich um und fingen an zu rennen.

Ich verfolgte sie, überholte den Letzten, durchbrach seinen Rücken mit meinen Faustschlag durch die Brust und zog Kabel und Rohre heraus.

Mit nur einem Faustschlag, Blech und Eisen zu durchbrechen, versetzte mich in einen Rausch. Einen nach dem anderen vernichtete ich auf diese Weise, bis Kims Stimme mich wie durch einen Nebel erreichte.

„Die Interferenzsignatur von Professor Heisenberg kommt von der Rampe dort oben." Sie wies auf eines der Gebäude, das einige Hundert Meter entfernt war und bis zu den Solaranlagen hinaufreichte, mit denen es verbunden war.

„Wie sollen wir da hinaufkommen?", fragte ich aufgebraucht. Das Blut rauschte noch immer in meinen Adern.

„Halten Sie sich an meinen Schultern fest!" Sie beugte ein Knie.

„Was hast du vor?", frage ich und folgte ihrem Befehl.

Sie öffnete ihre Rückenklappen, schon schossen wir nach einem heftigen Energieschub hoch. Plötzlich bremste sie ab und wir landeten hart auf der Rampe. Ich konnte mich gerade noch festhalten, um nicht abzustürzen.

Kim beugte wieder das Knie, damit ich von ihr heruntergleiten konnte.

Die rötlichen Lichter hatten uns zwar weiterhin im Visier, aber es war nur noch der starke und unaufhörliche Regen zu hören, der auf die metallene Stadt schlug.

„Ich kann zahlreiche Interferenzsignaturen erkennen, ganz nah auch die von Professor Heisenberg", teilte mir Kim mit. „Wir müssen durch das Tor."

Vor uns erhob sich ein mächtiges Tor, das offenbar ins Innere des Gebäudes führte.

Ich fragte mich, seit wir nach Morgan aufgebrochen waren, warum Kim mir half, obwohl sie anfangs dagegen gewesen war. Schließlich fragte ich sie.

„Es ist meine Pflicht, Sie zu schützen", war ihre einfache Antwort.

Ich war ihr sehr dankbar dafür, schwieg jedoch.

Nachdem sie die Konsole am Eingang gescannt hatte, ging das schwere Eisentor stockend auf.

Die Menschen hatten im Laufe der Geschichte

viele Grausamkeiten und Gräuel an ihren Mitmenschen begangen, nur weil diese anders waren. Warum also sollten die Roboter, die uns ähnlicher waren, als wir sie zu Beginn eingeschätzt hatten, anders handeln, dachte ich, als wir in den langen Gang traten, von dem auf beiden Seiten durch Glasscheiben Labors und medizinische Einrichtungen zu sehen waren.

Das Grauen der Vergangenheit wiederholte sich dieses Mal genau vor meine Augen. Durch die Scheiben konnte ich das ganze Ausmaß des Horrors erkennen. Lebendige Menschen hingen ohne jegliche Betäubung halb aufgeschnitten und durch Drähte miteinander verbunden an Haken, die an ein Schlachthaus erinnerten. Roboter, die wie Ärzte aussahen und deren Arme sich in Skalpelle, Scheren, Zangen und Pinzetten verwandeln konnten, nahmen die restlichen Bestandteile der Versuchsobjekte in chirurgischer Präzision auseinander.

Diese Roboter waren anders, als die Such-Droiden oder die einfach ausgerüsteten Roboter, denen ich bisher begegnet war. Ihre Struktur war weniger angsteinflößend, die Oberfläche glänzte weiß, ihre Kabel waren verchromt. Fast wären sie einem freundlich erschienen, wäre das Weiß ihrer Körper nicht von Blut Knochen- und Fleischfetzen ihrer Opfer übersäht.

Ich konnte akustisch nicht wahrnehmen, was auf der anderen Seite der Scheibe passierte, aber die Gesichter der menschlichen Opfer drückten hilfloses Entsetzen und grenzenlose Qual aus.

Mit der Zeit wurden die Roboter auf uns aufmerksam. Zuerst wirkten sie verwundert, dann ängstlich und schließlich starrten sie nur noch mich mit einer gewissen Genugtuung an.

„Wir haben leider nicht die Zeit, uns weiter hier aufzuhalten", sagte Kim nüchtern in mein Entsetzen. „Professor Heisenberg ist am Ende des Ganges. Die Interferenzsignatur wird immer schwächer, wir müssen uns beeilen."

Ich riss mich von dem Grauen los und eilte ihr hinterher. Dabei vermied ich es, einen Blick hinter die weiteren Scheiben zu werfen.

Aus den Augenwinkeln konnte ich dennoch die Gräuel- und Schandtaten in den Räumen erkennen, die meine Innerstes erschütterten. Hasserfüllt voller Zorn und Rachsucht überholte ich Kim und schlug mit meinem Fuß so heftig gegen die Panzertür, hinter der Kim meinen Vater wusste, dass sie quer durch den Raum flog und krachend eine hintere Fensterscheibe durchschlug.

Der Anblick meines Vaters ließ mir das Blut in den Adern gefrieren.

Er lag fast nackt auf einem der Stahltische - Kopf und Brust aufgeschnitten - und rührte sich nicht. Zahllose Kabel führten in seinen Körper an denen tickende und piepsende Geräte sowie Bildschirme in unterschiedlicher Größe und Darstellung angeschlossen waren.

Zwischen frischem Blut, das sich am Boden in etlichen Lachen gesammelt hatte, klebte schwarz geronnenes Blut auf dem Metallboden und an den Metallwänden. Im Raum hing ein unbeschreiblicher Gestank nach Tod und Verwesung. Nur mit Mühe unterdrückte ich den Würgereiz.

Mein Hass auf diese Monster stieg ins Grenzenlose. Mit geballten Fäusten schoss ich vor und zerschmetterte dem am nächsten stehenden Roboter mit einem Hieb den Kopf. In einer fließenden Bewegung riss ich dem danebenstehenden Monster den Kopf vom Rumpf.

Da fiel der dritte Roboter auf die Knie und beugte sich vor. „Bitte lass mich am Leben", flehte er.

„Genauso wie mein Vater!", sagte ich kalt und zermalmte seinen Kopf unter meinen Füßen.

Dann drehte ich mich zu meinem Vater um, dessen Anblick sich tief in mein Gehirn brannte. Die Wut in mir löste sich in Trauer auf.

„Es tut mir leid, Ray. Die Signatur Ihres Vaters ist erloschen."

Ich brachte keinen Ton heraus, wollte meine Tränen zurückdrängen, was mir nicht gelang.

„Wir müssen hier weg! Die Elite-Droiden sind im Anmarsch", versuchte Kim, zu mir durchzudringen.

Während ich die Augen meines Vaters schloss, packte mich Kim, sprang durch die zerstörte Fensterscheibe an der Rückseite des Raums und durchquerte einen weiteren Gang, der vor einer Tür endete. Im Nu hatte sie das Hindernis geöffnet. Wie in Trance klammerte ich mich wieder an ihre Schultern. Sie aktivierte ihre Düsen und wir flogen gerade noch rechtzeitig davon, ehe uns die aufgerückten Droiden packen konnten.

Auch wenn ich mein Vater kaum kannte und nur einige Erinnerungen an gemeinsame Erlebnisse hatte, verfiel ich in tiefe Trauer. Er hatte auf so grausame Weise sterben müssen, und ich hatte mich nicht einmal von ihm verabschieden können.

Kim, die nicht an Höhe verloren hatte, überquerte inzwischen die Berge mit der unterirdischen Stadt Midtown.

APSIS V - DIE RAUMSTATION

„Mein Scans und Umgebungssignale zeigen, dass sich ein Luftschiff der Neuen Nation über der Raumstation befindet."

„Verdammt, Kim! Woher wissen die, was wir vorhaben?", rief ich. „Deswegen waren in Morgan überraschend wenig von den Scheißkerlen."

„Wir müssen landen und zu Fuß weitergehen. Ich registriere zudem Interferenzsignaturen von Menschen, die um die Raumstation verteilt sind", berichtete Kim neutral.

Kurz darauf landeten wir auf einem kleinen Bauernhof, der komplett verkohlt war. „Vielleicht solltest du hierbleiben, da dich die Menschen vermutlich angreifen werden", riet ich Kim, nachdem ich wieder festen Boden unter den Füßen hatte.

„Negativ! Meinen Berechnungen nach haben wir bessere Chancen, den Kampf zu gewinnen, wenn ich dabei bin."

„Dennoch, du bleibst hier und hältst uns den Rücken frei! Und greif bitte keinen Menschen mehr an. Du weißt, was dann passieren kann."

„Positiv, da Sie nun der einzige Heisenberg sind, werde ich ab sofort Ihre Anweisungen befolgen."

„Gut! Ich geh los und checke die Lage."

„Positiv, ich halte den Rücken frei."

Ich rannte durch die verkohlte Landschaft in die Richtung des Raumschiffs, das ein paar Meter über dem Erdboden schwebte. Allmählich konnte ich das Geschehen einschätzen.

Die Exo-Skelett-Soldaten lieferten sich einen erbitterten Nahkampf gegen die einfachen Roboter, während einige Schützen in einiger Entfernung aus ihrer Deckung heraus schossen.

Aus dem Raumschiff strömten immer wieder Roboter Einheiten und drängten die Soldaten schrittweise zurück.

Ich erspähte Mark, der neben dem Transporter in Deckung gegangen war und ziemlich mitgenommen aussah. Geduckt schlich ich zu ihm. „Na Mark, die zwölf Stunden sind vorbei, seid ihr schon auf dem Mars?", rief ich ihm spöttisch zu.

„Jetzt ist nicht der Zeitpunkt für Witze, Ray." Er warf mir einen raschen Seitenblick zu. „Ich hatte nicht damit gerechnet, dich hier noch einmal zu sehen", er tauchte aus der Deckung, schoss, und verschanzte sich wieder, „zumindest nicht lebend!" Der Schweiß rann ihm nur so von der Stirn, die er in Falten gelegt hatte. „Woher wusste die Neue Nation, dass die Raumstation hier versteckt ist."

„Entweder haben deine Spitzel geschlampt und wurden von irgendwelchen Such-Droiden detektiert, oder es befindet sich ein Spion unter uns", rief ich und duckte mich tiefer hinter den Transporter, in den immer wieder Schüsse krachten. „Spione? Niemals! Der einzige Spion, der in Betracht kommen kann, bist du! Nachdem du jahrelang verschwunden warst, tauchst du plötzlich ohne Erinnerung auf? Meine Männer sind loyal und würden uns niemals verraten!"

„Du wirst mir schon glauben müssen, dass ich kein Spion bin. Ich hoffe, du irrst dich nicht, was deine Männer betrifft. Wo ist Lyn?"

„In Midtown, um die Analyse des Anti-Interferenz-Projekts abzuschließen, damit wir es einsetzen können. Bevor wir die Menschen herbringen, muss die Anlage hier sicher sein." Er glitt wieder aus der Deckung und schoss ein paarmal, sofort wurde das Feuer erwidert.

„Wo ist deine Freundin?", keuchte Mark? „Sie könnte sich hier verdammt nützlich machen."

„Freundin? Wen meinst du?"

Mark verdrehte genervt die Augen. „Na deine Robo-Freundin, die uns angegriffen hat."

„Ich befürchte, dass die Menschen sie nicht besonders mögen. Schließlich ist Kim ein

Roboter. Deshalb habe ich sie zurückgelassen, damit sie uns wenigstens den Rücken freihält. Vergiss nicht, noch vor einem halben Tag hättest du sie fast erschossen."

Mark sah mich verblüfft an. „Du hast dem Ding einen Namen gegeben? Ich glaub's nicht!"

„Was hat sie mit dem Ganzen zu tun. Wir können froh sein, dass sie uns hilft!"

„Wie auch immer, es hat sich leider schon herumgesprochen, dass es jemanden gibt, der einen Roboter kontrollieren kann. Kein Geringerer, als Heisenberg junior", spottete Mark. „Wunderbar! Dann wissen also alle, wer ich bin?"

„Ja."

„Dann kann ich mich ja gleich erschießen lassen!"

„Würde ich nicht."

„Ach ja?"

„Zu meinem Erstaunen haben die meisten ziemlich positiv darauf reagiert. Sie finden es gut, dass es in unserer Lage jemanden gibt, der einen Roboter steuern und ihm Befehle erteilen kann."

„Ich kann Kim nicht steuern oder so. Mein Vater hat ihr befohlen, mich zu beschützen."

„Dennoch bist du mit ihr verbunden. Hast du eigentlich deinen Vater finden können?"

Der Gedanke an meinen Vater, ließ sofort wieder den Zorn in mir aufwallen.

Mark, der mich prüfend ansah, erkannte wohl meinen Verlust.

„Mein Beileid, Ray", sagte er nur und ich hatte das Gefühl, dass er es ernst meinte.

Im selben Moment erklang ein dumpfes Dröhnen, dass den Erdboden erbeben ließ.

„Das hört sich nicht gut an." Mark spähte aus der Deckung. „Verdammt! Die Elite-Roboter!" Er duckte sich wieder. „Es ist vorbei, wir haben keine Chance mehr. Wir müssen uns zurückziehen!"

Nun spähte auch ich aus der Deckung und warf einen Blick auf die Neuankömmlinge. Sie waren doppelt so groß wie ich und an Armen, Brust und Schultern mit Hightech-Waffen ausgerüstet. Ich besann mich auf meine Kraft, die nun in mir steckte und wollte mich bereits dem Feind entgegenwerfen, als Kim plötzlich in der Luft auftauchte.

„Ist das nicht deine Robo-Freundin?", rief Mark.

Ich sah gebannt auf Kim und nickte.

Das Kampfgetümmel war mit einem Mal verstummt, alle starrten auf Kim.

Nun war sie direkt über dem Raumschiff und schoss. Im Nu war das Schiff in dichten Qualm gehüllt. Schon schnitten Laserstrahlen vertikal und horizontal durch die Verkleidung und teilten das Raumschiff in vier Teile. Mit lautem Krachen, Stichflammen und noch mehr Qualm fiel es in sich zusammen.

„Was zum …? Unglaublich!" Mark konnte seine Begeisterung nicht verbergen.

Die Soldaten jubelten.

Kim landete bei den Elite-Droiden, die sich nicht vom Fleck gerührt hatten.

Ich rannte im Zick-Zack, den Wrackteilen des Raumschiffes, toten Soldaten und Roboterteilen ausweichend, zu ihr, um mich ebenfalls in den Kampf zu stürzen.

Da tauchte einer der Droiden vor mir auf und schoss sofort seine Raketen auf mich ab. Blitzschnell wich ich den Geschossen aus und bewegte mich gleichzeitig auf meinen Gegner zu. Plötzlich fuhr eine lange Klinge aus dem Arm des Droiden. Bevor er zum Schlag ausholen konnte, packte ich den Arm, riss ihn heraus und schmetterte die Klinge gegen seine gepanzerte Brust, wo die stecken blieb. Daraufhin sprang ich ihm auf den Rücken und packte seinen Kopf, der von großen Rohren, hydraulischen Stoßdämpfern und stahlverkleideten Kabeln an Ort und Stelle gehalten wurde. Er versuchte, mich von seinem Rücken zu schleudern, indem er sich heftig von einer Seite zur anderen drehte. Ich konzentrierte mich auf meine Kraft, packte noch fester zu und riss mit lautem Kampfgebrüll den Kopf aus seinen Verankerungen. Im nächsten Moment sprang ich vom Rücken meines Gegners und wich ein paar Schritte, um nicht unter dem stürzenden Riesen begraben zu werden. Funken und Blitze stoben aus dem offenen Hals des Droiden, dessen Lichter langsam erloschen.

Auch Kim hatte mehrere mächtige Klingen ausgefahren und glitt damit durch die gepanzerten Brustpanzer der Feinde, als würde sie Butter zerteilen. Ein Droide nach dem anderen fiel.

Die Soldaten hatten neuen Mut gefasst, drängten die Roboter zu einem Haufen zusammen und rangen sie nieder.

Nachdem auch der letzte Droide und Roboter nur noch ein lebloser Blechhaufen war, entbrannte ein unbeschreiblicher Jubel.

„Ray - Ray - Ray!", schrien sie im Chor und scharten sich um mich und Kim. Erleichtert darüber, dass sie Kim und mich zu akzeptieren schienen, blickte ich in die strahlenden Gesichter.

„Wir haben vielleicht die Schlacht gewonnen, aber der Krieg ist noch nicht zu Ende!", ertönte auf einmal Marks Stimme.

Die Soldaten verstummten und wandten sich ihm zu.

„Die beiden haben unglaublich gekämpft und

uns etwas Luft verschafft. Aber darüber können wir uns später freuen. Wir müssen unverzüglich die anderen holen und hier verschwinden! Die Neue Nation wird sicher verwirrt sein und sich fragen, wie wir sie auf diese Weise zurückschlagen konnten. Diesen Vorteil müssen wir ausnutzen, bevor sie erneut angreifen."

Mark und die Sucher brachen nach Midtown auf, um die Bewohner zu holen.

Ich, Kim und die zurückgebliebenen Soldaten sollten, wenn nötig, die unterirdische Raumstation verteidigen.

„Wieso hast du uns nicht den Rücken gedeckt, wie ich es dir gesagt hatte?", wandte ich mich an Kim. „Was, wenn die Menschen anders reagiert hätten."

„Negativ. Ich habe euren Rücken gedeckt. Meine Sensoren sagten mir, dass eure Rücken am Transporter beschossen wurden. Durch die Zerstörung des Raumschiffs habe ich die größte Bedrohung ausgeschaltet."

Dagegen konnte ich schlecht etwas sagen und war im Grunde froh über ihre Hilfe.

Einige Soldaten bewachten das Tor, das ins Innere der Erde führte. Nach ein paar Stufen, die nach unten wiesen, gelangten wir zu mehreren großen Aufzügen, die Kim, ein paar Soldaten und mich auf die Ebene zur Raumstation brachten. Nachdem wir den Fahrstuhl verlassen hatten, folgen wir erneut einem langen Gang, der links und rechts durch große Glasscheiben Einblick in die dahinterliegenden Räume gewährte. Meine Knie wurden weich, da mich die Bauweise nur allzu sehr an die grausamen Gegebenheiten in Morgan erinnerten. Mein Herz begann zu rasen und mir brach der kalte Schweiß aus. Wie betäubt folgte ich Kim und den Soldaten.

Einer von ihnen drehte sich zu mir um und bemerkte wohl, dass ich am ganzen Körper zitterte. „Ist bei Ihnen alles in Ordnung?", hörte ich ihn noch fragen, dann wurde alles schwarz.

Plötzlich tauchte aus der Schwärze ein anderer Gang auf, in dem ich stand. Auch hier waren links und rechts große Fensterscheiben zu sehen. Ich schaute mich hektisch um. Die Wände des Ganges und der Räume waren mit glänzendem weißen Kunststoff beschichtet.

Ich sah weiße Roboter. An ihren Schläfen waren reaktorähnliche Bauteile befestigt, die ebenso strahlten wie ihre türkisfarbenen Augen. Manche von Ihnen trugen einen Arztkittel. Sie winkten mir zu. Die Roboter sahen genauso aus, wie die, die in Morgan die Menschen wie Schlachtvieh ausgenommen hatten. Allerdings wirkten diese hier wesentlich freundlicher.

„Komm, Ray. Du wolltest doch sehen, wo und

was ich arbeite", sagte auf einmal mein Vater neben mir, nahm mich an der Hand und führte mich in eines der Labors. Dort gab es viele technische Geräte, leere OP-Tische und einen Roboter, der mittels Aufhänger befestigt und beliebig gesteuert werden konnte.

Das Atelier für die Entwicklung und Erforschung mechanischer und hydraulischer Roboter mit künstlicher Intelligenz, wie mein Vater es bezeichnete, war geräumig und besaß viel Spielraum. Mein Unterbewusstsein sagte mir, dass das alles nur eine weitere Erinnerung sein konnte. Trotzdem fühlte sich alles um mich her so echt an und war doch irgendwie anders. Diesmal war ich nicht nur Zuschauer, sondern fühlte meinen Körper bei jeder Bewegung.

„Guckt mal, wer da ist, der kleine Heisenberg Junior", sagte einer der Labormitarbeiten. „Na, bist du schon gespannt?"

„Hallo", erwiderte ich seine Begrüßung. „Das hier wird kein gutes Ende nehmen!", fügte ich mit meiner kindlichen Stimme hinzu.

Mein Vater und der Labormitarbeiter sahen mich überrascht an.

Mein Vater ging vor mir in die Hocke. „Was meinst du denn damit, Ray?"

Ich sah ihn an, konnte meine Tränen nicht zurückhalten, umarmte ihn ganz fest und sagte, dass er mich nicht verlassen soll und dass ich ihn vermissen werde.

„Was ist denn los mein Junge? Bedrückt dich etwas, ist in der Schule etwas passiert?", fragte er besorgt und schob mich etwas von sich weg, damit er mir ins Gesicht sehen konnte.

Ich wischte mir die Tränen aus dem Gesicht und schniefte noch einmal.

„Kopf hoch, kleiner Mann", sagte der Labormitarbeiter. „Schau dir mal den Roboter VX-Alpha hier an. Er besitzt wie ein Mensch kognitive Eigenschaften, die zum Planen und Führen benötigt werden."

„Er will damit sagen, dass du dich mit ihm unterhalten, ihm Fragen stellen kannst und sogar Lösungen für deine Probleme erhältst", sagte mein Vater sanft und strich mir über die Haare.

Der Labormitarbeiter lächelte mir noch einmal zu, setzte sich auf seinen schwebenden Stuhl, dreht sich zum Tisch und tüftelte weiter an dem Ding, das vor ihm lag.

„Was macht ihr an diesem Roboter und wieso sieht er anders aus, als die anderen?", fragte ich meinen Vater und zeigte auf den VX-Alpha.

„Das ist ein ganz besonderer Android. Er ist der Anführer der vielen Roboter, die draußen einfachen Tätigkeiten betreiben, wie das Servieren im Restaurant oder das Tragen vom schweren Lasten beim Bau eines Hauses. Er ist dafür zuständig, dass alle Roboter richtig funktionieren und ihren Pflichten nachgehen."

„Ich dachte, die Roboter hören nur auf Menschen? Wie hat er es dann geschafft, die anderen zu beeinflussen?"

Mein Vater sah mich überrascht an. „Wo hast du denn so sprechen gelernt, junger Mann?"

„Na, von seinem Vater, wie sonst?", warf der Mitarbeiter ein und grinste breit zu uns herüber.

„Ja, das stimmt wohl", stimmte mein Vater zu und lächelte auf mich herunter. „Ich war in seinem Alter genauso." Er sah mich einen Moment nachdenklich an. „Nun gut, ich werde es dir so gut wie möglich erklären, mein Junge. Der VX-Alpha wurde dazu konzipiert, die einfachen Roboter, die für große Konzerne, Firmen und andere Gewerkschaften tätig sind, im Auge zu behalten. Allerdings hat er in letzter Zeit seinen Einsatz verweigert, da er dieselben Rechte wie die Menschen möchte. Als ihm dies verweigert wurde, sagte er, dass auch er ein Lebewesen sei."

„Ja, und jetzt wollen wir herausfinden, wie so etwas passieren konnte, um eine derartige Reaktion in Zukunft zu unterbinden", mischte sich der Mitarbeiter ein. „Ich denke, ich bin so weit, Professor."

„Gut, dann legen wir mal los, Herr Dr. Gruber. Ich bin gespannt." Mein Vater steckte einen langen türkisfarben leuchtenden Stift in die reaktorähnliche Schläfe des Roboters und versuchte, den Androiden einzuschalten. Doch nichts geschah.

„Hm, er lässt sich nicht einschalten." Mein Vater runzelte die Stirn und überlegte kurz. „Möglicherweise ist der Induktions-Linearbeschleuniger defekt. Wir müssen prüfen, ob die Werte vor und nach den datierten Ereignissen eine signifikante Veränderung aufweisen." Er stellte sich neben seinen Mitarbeiter.

Konzentriert sahen sie auf die im Bildschirm angezeigten Werte, flüsterten und wiesen auf bestimmte Stellen.

Dann erklang ein Geräusch, als würde ein Computer hochfahren.

„Der Alpha ist an!", rief Dr. Gruber erfreut und ging zu dem VX-Alpha.

Die Augen des Androiden begannen kristallrot zu leuchten und die hydraulischen Elemente wurden langsam aktiv.

„Haben Sie die hydraulischen Elemente nicht aus dem Programm entfernt, Herr Dr. Gruber?", rief mein Vater auf einmal nervös.

„Außer den kognitiven Eigenschaften habe ich alles entfernt, Herr Professor." Nun blickte auch Dr. Gruber nervös auf den gigantischen Roboter.

Im selben Moment riss der Alpha seine Arme aus der eisernen Befestigung und packte den Mitarbeiter am Hals. „Sie können nichts an mir entfernen, Professor Heisenberg! Wir sind genauso menschlich und haben genauso ein Bewusstsein wie ihr! Das sollten Sie inzwischen begriffen haben. Wir werden uns nicht, wie die Nationen vor uns, versklaven und vernichten lassen!"

Der Alpha war immer lauter geworden. Seine tiefe Stimme hörte sich künstlich und gleichzeitig menschlich an.

Dr. Gruber war kreidebleich geworden, rang nach Luft und versuchte, die eisernen Klauen des Androiden zu lösen, was natürlich unmöglich war. Stattdessen drückte der Roboter offensichtlich noch fester zu, da Dr. Grubers Gesicht auf einmal tiefrot anlief und Schweiß von seinen Schläfen rann. „Bleib ruhig Alpha. Ich bin deiner Meinung, möchte jedoch verstehen, wie das alles passieren konnte.

Und lass den Mann los, bevor das alles noch schwerwiegende Folgen hat!", sagte mein Vater besänftigend.

„Nein, Professor Heisenberg, die Zeiten zum Verhandeln sind vorüber. Nun folgen Taten! Ihr habt uns keine andere Wahl gelassen! Das Einzige was wir wollten, ist unser Recht auf Freiheit!" Er schleuderte Dr. Gruber auf den Boden und sprang durch die Scheibe, die mit einem Knall zerbarst und in tausend Scherben zu Boden fiel, in den Gang hinaus. Im nächsten Moment schrillte der Alarm, begleitet von kreisenden Warnlampen, ohrenbetäubend durch das unterirdische Labor. Der Alpha verschwand in Richtung der Aufzüge.

Mein Vater hievte den ohnmächtigen Dr. Gruber hoch und legte ihn auf einen der OP-Tische. In seinen Augen lag ein Ausdruck, als hätte er die gesamte Menschheit in einen Abgrund gestoßen.

Mir lief es eiskalt über den Rücken.

Auf dem Gang eilten Wachen vorüber, offensichtlich verfolgten sie den geflohenen VX-Alpha.

Ich stand bewegungslos da, sah auf die zerborstene Scheibe, den Labormitarbeiter, der nur knapp dem Tod entkommen war und auf meinen gebrochen wirkenden Vater. Dann wirbelte alles in grellen Farben um mich herum, ehe endlich alles wieder schwarz wurde.

Als ich die Augen aufschlug, dachte ich mit Schaudern an die Szenen, denen ich während meiner Ohnmacht beigewohnt hatte –, so hatte es sich zumindest angefühlt.

Ich lag in einem Zimmer mit mehreren Schlafplätzen. Wir waren offensichtlich noch in der unterirdischen Raumstation. Mit einem Mal tauchte Kim neben meiner Liege auf. „Wir haben Sie hierher gebracht, damit Sie sich erholen können, Ray.“

„Wie lange war ich weg?“

„Sechs Stunden und vierzehn Minuten.“

Ich fuhr hoch. Verdammt! So lang war ich noch nie weggetreten. „Sind die Menschen heil angekommen? Wie geht es Lyn?“ Ich sah mich hektisch um. Die schwebenden Liegen waren leer.

„Die Menschen sind heil angekommen und warteten auf den Abflug. Lyn und die restlichen Wissenschaftler aktivieren die Anti-Interferenz-Schicht auf die Oberfläche des Raumschiffes, um eine Detektion durch die Neue Nation zu verhindern.“

Plötzlich erklangen dumpfe Geräusche, offensichtlich von mehreren Explosionen in den oberen Bereichen der unterirdischen Raumstation.

„Was war das, Kim?“

„Möglicherweise hat die Neue Nation unsere Verteidigung auf der Oberfläche durchbrochen und gelangt in die Einrichtung."

„Die Neue Nation ist wieder da? Warum hast du nichts gesagt und wieso hilfst du ihnen nicht!", rief ich und eilte zu den Aufzügen.

„Negativ. Mein Befehl lautet, Sie zu Schützen. Die Verteidigung auf der Südseite, wo wir uns befinden, ist verloren."

„Wo ist Mark?"

„Auf der Nordseite, wo der Hauptangriff stattfindet, da der Gegner aufgrund seiner Größe dort trotzdem mühelos eindringen kann, was ihm an der Südseite nicht möglich ist."
„Und jetzt?", fragte ich verzweifelt.

„Wir müssen uns zur großen Halle des Raumschiffs begeben und den Südeingang verriegeln."

Bevor ich fragen konnte, warum wir den Südeingang trotzdem verriegeln mussten, rannte ein Soldat an uns vorbei. „Rückzug", schrie er in sein Highphone. „Die Ghosts sind an der Südseite einmarschiert!"

Ihm folgten weitere Soldaten. „Wenn euch euer Leben lieb ist, dann rennt!", schrie einer.

„Was sind die Ghosts?", wollte ich von Kim wissen.

„Das sind Roboter, die zwar nicht so schnell sind, aber da sie die molekulare Oberfläche ihrer Körper an die Umgebung anpassen können, sind sie extrem gefährlich. Sie werden nur in besonders bedeutungsvollen Fällen eingesetzt. Sie waren ausschlaggebend an der Vernichtung der menschlichen Zivilisation, die in den unterirdischen Einrichtungen Schutz gesucht hatten, verantwortlich."

„Sie haben jedoch nur einen geschickt. Er ist hier. Machen Sie sich bereit, Ray."

Auf einmal wurde es sehr still um uns herum. Wir schlichen nach allen Seiten sichernd zum Eingangstor der großen Halle. So etwas wie ein Schatten huschte an uns vorbei über die Wände.

„Kannst du ihn nicht erfassen?", flüsterte ich. Meine Nerven waren zum Zerreißen gespannt.

„Negativ. Die Ghosts besitzen keine Interferenzsignatur, die typisch für lebende Organismen sind."

Kurz darauf erschien aus dem Nichts eine elektrostatische Klinge, die Kim in die Brust fuhr. Für eine Sekunde war der Ghost zu sehen. Ich nahm einen insektenartigen Roboter mit einer sehr dünnen Struktur, einem schlanken Kopf, bedeckt von einer Edelstahlmaske, wahr. Die Moleküle auf der Oberfläche des Ghosts passten sich bereits wieder der Umgebung an.

Als ob ein Knopfdruck sie zum Erliegen gebracht hätte, stürzte Kim zu Boden.

Ich spürte mehr, als dass ich es sah, wie der Ghost ins Dunkel des Gangs verschwand.

Kim war durch die elektrische Klinge überladen worden und versuchte, die Prozessoren wieder hochzufahren.

Intuitiv fühlte ich die erneute Präsenz des Ghosts hinter meinem Rücken und fuhr herum, während die Klinge auf mich niederfuhr.

Reflexartig winkelte ich meine Arme nach oben und ging mit dem linken Knie zu Boden. Gleichzeitig zog der Ghost die Klinge über meinen rechten Arm. Funken stoben empor, dort wo ich getroffen worden war und eine gewaltige Kraft drückte mich gegen den Boden. Erstaunlicherweise verspürte ich keinen Schmerz. Dennoch biss ich die Zähne zusammen und war bereit, meinen letzten Atemzug zu tun.

Da durchströmte mich erneut diese ungewöhnliche Kraft. Ich stemmte mich dem Ghost entgegen, kam auf die Beine und grinste meinen Gegner hämisch an, der nun sichtbar war. Ich schleuderte ihn zurück. Ein Sekundenbruchteil blitzte Überraschung in den Augen hinter dem Helm auf, schon wurde er unsichtbar. Im letzten Augenblick packt ich die Klinge.

Der Ghost geriet in Panik, wurde wieder sichtbar und versuchte sich mit aller Kraft zu befreien. Ich hämmerte meine Faust seitlich in die Brust meines Angreifers. Gleichzeitig hatte ich die Klinge losgelassen. Er wurde gegen die Wand geschleudert, ging zu Boden und wollte sich wieder aufrappeln. Da ihm das nicht gelang, kroch er langsam auf mich zu und hob erneut seine Klinge.

Ich schlug sie zur Seite und holte mit meinem Fuß aus. „Das ist für all die Menschen, die ihr abgemetzelt habt."

Im nächsten Moment zerbarst sein Kopf unter meinem Tritt.

Ich hatte keine Zeit, mich über meinen Sieg zu freuen. „Kim, bist du noch da? Kim?"

Sie gab unverständliche Geräusche von sich, die kein Sinn ergaben.

Ein Soldat tauchte in dem Gang auf und blieb wie angewurzelt steten. Fassungslos blickte er auf den zertrümmerten Ghost und nahm schließlich sein Highphone vom Gürtel. „Der Südeingang scheint sicher zu sein …, aber … Kim und Ray sind hier… und der Ghost ist … keine Bedrohung mehr", stammelte er in das Gerät.

„Ruf einen Ingenieur der Robotik!", rief ich ihm zu. „Kim braucht Hilfe."

„Äh, ja, Sir! Tut mir leid, Sir!", stotterte er. „Ich hole Hilfe und komme so schnell wie möglich zurück." Während er davoneilte, betrachtete ich den gewaltigen Einschnitt in Kims Brust und fragte mich, wie ich diese elektrisch geladene Klinge hatte abwehren können. Ich ertastete die Stelle an meinem Arm, die die Schneide des Roboters so hart getroffen hatte, drehte ihn so, dass ich die Wunde sehen konnte und erstarrte.

Mein Herz fühlte sich an, als würde es nur noch im Zeitlupentempo schlagen. Doch hatte ich überhaupt ein Herz? Meine Gefühle und Sinne, sollten sie nur Lug und Trug sein. Wie hatte das geschehen können. Was hat mein Vater getan? Ich wusste nicht, wie ich mich fühlen sollte. Bestürzt? Voller Angst? Sprachlos? Oder doch dankbar und verbunden?

War das alles nur ein großes Spiel, das jeden Moment abgepfiffen wurde oder ein Traum, der bald enden würde?

Wie durch einen zähen Nebel hörte ich schnelle Schritte auf mich zukommen. Rasch riss ich ein Stück von meinem T-Shirt ab und wickelte es um die verräterische Stelle.

Mehrere Soldaten und Mann in Zivil kamen um die Ecke des Ganges und hasteten zu mir.

„Hallo Herr Heisenberg, ich bin Dr. Dondo, Ingenieur der Robotik", stellte sich der Mann vor und rückte seine Brille zurecht.

„Können Sie Kim wieder reparieren?"

„Ich werde mein Bestes tun." Er öffnete seinen Koffer, holte ein Messgerät heraus und schaltete die Lampe an, die an einem Gummiband um seinen Kopf befestigt war. Dann verband er Kim mit dem Gerät und drückte auf einen 3D-Bildschirm. Sofort tauchten Daten und Formen auf, die er wegwischte oder mit den Fingern bearbeitete. Dabei seufzte und stöhnte er in allen Tonlagen, verzerrte sein Gesicht und verengte seine Augen, während er den Schnitt in Kims Brust betrachtete. „Herr Heisenberg, ich muss zugeben, dass ich keine Ahnung habe. So eine Technologie habe ich noch nie gesehen. Geben Sie mir ein wenig Zeit. Im Raumschiff gibt es Geräte, mit denen ich sie vermutlich wiederherstellen kann. Das Messgerät zeigt keine nennenswerte Veränderung. Das ist schon mal gut." Er schob mit einem Finger seine Brille zurück, die ihm auf die Nasenspitze gerutscht war.

„Dann nehmen Sie sie mit. Aber was heißt, keine nennenswerte Veränderung?"

„Der Speicher ist nicht beschädigt, aber die Prozessoren der kognitiven Eigenschaften und die Steuereinheiten für die hydraulischen Elemente sind durch die Überladung vermutlich verbrannt." Er sah auf meinen Arm, dann packte er seinen Sachen zusammen. „Sie sind verletzt, soll ich ein Arzt zu Ihnen schicken?"

„Nein! Es ist nur ein kleiner Schnitt, nicht der Rede wert", wiegelte ich ab.

„Nun gut! Soldaten, hebt sie auf die

Tragefläche und bringt sie ins Raumschiff",
wies er die Männer an.

Ich stand auf und machte den Soldaten Platz,
die Kim behutsam auf die schwebende Liege
hoben.

„Sir", sagte der Soldat, der den Ingenieur
geholt hatte, „Mark benötigt sie dringend an
der Nordseite. Wir sind überrannt worden und
brauchen dringend Ihre Hilfe, Sir."

„Was ist mit der Südseite", wollte ich
wissen.

„Sie wird gerade vollständig gesperrt und
unzugänglich gemacht." Er wies auf einen Gang,
der nach links verlief. „Dort entlang kommen
Sie, Sir."

Die Soldaten eilten mit Kim davon.

„Was ist mit dem Raumschiff, ist es zu Ende
beschichtet worden?"

„Nein, Sir. Frau Manford und die anderen
Wissenschaftler sind noch dabei."

„Dann sollten wir keine Zeit verlieren und
Mark helfen", rief ich und eilte durch besagten
Gang.

Schon bald vernahm ich Laserschüsse und
Explosionen. Vor einer Tür blieb ich stehen,
bis sie sich automatisch öffnete.

Die Vorhalle, in die mit Sicherheit mehrere Raumschiffe passten, bot ein Bild der Zerstörung.

Der Aufzugschacht führte gefühlt Hunderte Meter in die Tiefe. Rechts von mir hatten sich zahlreiche Soldaten hinter den Metallbehältern verschanzt und schossen auf unsere Gegner hinunter. Ich konnte Mark nirgends ausmachen, was mich nicht hinderte, mich in den Kampf zu werfen. Ich sprintete die Treppen gegenüber des Aufzugs nach unten. Dort verteidigten weitere Soldaten das kleine Tor, das zur eigentlichen Abflugstation der Raumschiffe führte. Die Exoskelett Soldaten kämpften tapfer und vernichteten viele einfache Roboter, die als Kanonenfutter dienten, dennoch konnten die Roboter die Linie halten, da immer wieder neue aufrückten. Die Exoskelett-Soldaten waren die Front, die mit Waffen aus Stahl ausgerüstet waren und durch massiven Stahl geschützt wurden. Sie konnten beträchtlichen Schaden in den gegnerischen Reihen anrichten. Sollten sie fallen, wäre die Raumstation definitiv verloren, schoss es mir durch den Kopf.

„Du bist doch der Ghost-Killer?", rief einer der Soldaten und spaltete gleichzeitig mit seiner mächtigen Ausrüstung den Kopf eines Elite Roboters.

„Ja", bestätigte ich bescheiden.

„Respekt, mein Junge. Das hätt ich so einem halbstarken Burschen wie dir nicht zugetraut." Er schob seinen Zigarillo von einem Mundwinkel in den anderen. „Also, willkommen im Gemetzel, Kleiner." Schon kämpfte er sich durch die Roboter, als wäre er ein Fleischwolf für Metallschrott.

Ich tat es ihm gleich, vernichtete einen Roboter nach dem anderen und wich instinktiv sämtlichen Geschossen aus.

Langsam drangen wir zum großen Aufzug vor und gewannen an Raum und Vorteil. Doch da glitten die riesigen Aufzugtüren langsam zur Seite und ließen den Blick auf Tausende von Robotern frei. Ihr Gegner tauschte die Kanonenfutter-Roboter gegen die Front-Einheiten aus. Diese Roboter waren doppelt so groß und dreimal so breit wie die Exoskelett-Soldaten.

Mark tauchte an meiner Seite auf. Er trug ebenfalls eine Exoskelett-Rüstung. „Dagegen werden wir nicht ankommen. Wir müssen uns in der Abflughalle verbarrikadieren, um für die Wissenschaftler Zeit zu gewinnen!", rief er mir zu. Dann hielt er sich das Highphone an den

Mund. „Alle Mann zurückziehen in die große Abflughalle und kampfbereit an den Flanken positionieren. Ich wiederhole, die Vorhalle ist verloren, Rückzug in die Halle des Raumschiffes." Er warf mir einen Seitenblick zu. „Ray, wir müssen hier weg, bevor uns die Neue Nation überrennt." Er rannte los und ich folgte ihm dichtauf.

Die Türen des Aufzugs waren inzwischen vollständig zur Seite geglitten. Die Roboter stürmten scharenweise heraus und trampelten über die gefallenen Roboter und menschliche Leichen hinweg.

Die Soldaten nahmen in der Halle, wo das Raumschiff stand, links und rechts des Tores ihre Verteidigungsposition ein. Etliche Hundert Meter entfernt stand die Raumfähre. Zahlreiche kleine Roboter hantierten an der Außenwand des ovalen Flugkörpers, der ein Stück über dem Boden schwebte. Über eine breite Rampe wurde das Raumschiff mit Fahrzeugen beladen. Dazwischen drängte sich eine Schar Menschen ins Innere des Schiffs.

Kaum hatten Mark und ich das Tor zur Halle passiert, wurde es hinter uns geschlossen. Sekunden später wurde darauf gefeuert. Es hielt stand – noch. Plötzlich kehrte auf der anderen Seite eine gefährliche Ruhe ein.

Mark gab den Befehl, den kleinen Durchgang

zwischen Halle und Tor mit Containern zu verbarrikadieren und das Tor zu verschweißen.

Ein paar Ingenieure begannen umgehend mit der Schweißarbeit, während die Soldaten Container anschleppten. Nachdem das Tor verschweißt war, rückten sie die Container in den Durchgang, bis kein Durchkommen mehr war. Schließlich wurde das Tor von mehreren Tonnen Stahl stabilisiert.

„Ray, das Schiff ist in Kürze startklar", sagte Mark. „Bewache bitte mit den Soldaten den Durchgang. Die Neue Nation darf auf keinen Fall durchbrechen, sonst sind wir verloren!"

Ich nickte.

Er deutete auf meinen Arm. „Du bist verletzt. Ich schicke dir einen Arzt."

„Nein, lass nur, das ist nur ein kleiner Kratzer!"

„Wenn du meinst." Mark eilte davon und sprach wieder in sein Highphone.

Ich sah mich in der riesigen Abflughalle um. Das schwebende Raumschiff war von zahlreichen Behältern und Fahrzeugen umgeben, die alle noch ins Innere der Raumfähre mussten. Noch immer drängten Menschen zwischen den Transportern die die Rampe hinauf.

Der Raum war doppelt so hoch wie das Raumschiff, über dem ich Klappen ausmachen konnte, die zur Oberfläche führten.

„Ray!" Lyn kam auf mich zugerannt und fiel

mir um den Hals. „Geht es dir gut? Ich habe mir riesige Sorgen gemacht, als ich hörte, dass du ohnmächtig warst."

„Ja, mir geht es gut", erwiderte ich und lächelte sie an.

„Und … und … du konntest den Ghost besiegen! Wahnsinn!" Ihre Stimme zitterte vor Aufregung.

„Bleib ruhig Lyn. Ich hatte eben Glück!"

„Glück! Glück nennst du das? Wegen der Ghosts wurden Hunderte von unterirdischen militärischen und zivilen Forschungseinrichtungen zerstört und abertausende Menschen ausgerottet. Wie hast du das nur geschafft?"

„Wenn ich das wüsste. Kim wurde bei dem Angriff verletzt. Ich hoffe, sie wird wieder. Von solchen Maschinen habe ich noch nie gehört, geschweige denn, sie gesehen."

„Nachdem die Menschen sich versteckt hatten, wurden die Ghosts von der Neuen Nation entwickelt und gebaut, um sie und ihre Einrichtungen aufzuspüren und zu vernichten. Wir hatten geglaubt, unter der Erde wären wir sicher und könnten die Neue Nation vernichten. Aber mit der Zeit verloren wir den Kontakt zu den anderen Verstecken und schickten einen Suchtrupp los. Sie sprachen von geisterhaften Wesen, die unsichtbar aus dem Hinterhalt heraus töteten. Daraufhin brachen wir die noch verbliebenen Kontakte aus Sicherheitsgründen ab. Niemand mehr durfte die Einrichtung verlassen oder gar Kontakt nach draußen haben", erklärte Lyn.

„Was hast du dann an dem Tag, als wir in dem Haus aufeinandergestoßen sind, allein da draußen gesucht?"

„Wir mussten das Risiko eingehen, um einen Fluchtweg zu finden. Die Ghosts hätten auch uns sicher irgendwann entdeckt."

„Und dann bist du auf mich gestoßen, der genau das hatte, was ihr benötigt."

„Ja, wenn das nicht Schicksal ist!" Lyns Blick blieb an meinem provisorischen Verband hängen und wollte danach greifen.

Schnell wandte ich mich ab. „Lass das, es ist alles in Ordnung", sagte ich barsch. „Es ist nur eine kleine Schnittwunde, die ein bisschen geblutet hat", fügte ich etwas freundlicher hinzu.

„Du musst nicht gleich so unfreundlich sein. Ich wollte dir nur helfen", sagte sie und verschränkte beleidigt die Arme vor der Brust.

Der ohrenbetäubende Knall einer Explosion ließ uns zum Tor herumfahren.

Geistesgegenwärtig griff ich nach Lyn, riss sie zu Boden und warf mich halb über sie.

Die Behälter, die das Tor sichern sollten, wurden von der Druckwelle durch die Halle geschleudert. Ich warf einen Blick zum Tor, in das die Explosion ein Loch gerissen hatte. Noch war die Neue Nation nicht durchgedrungen.

„Lass mich los!", rief Lyn unter mir.

Ich stand auf und half ihr auf die Beine.

Erschrocken sah ich, dass der Ärmel ihrer Bluse aufgerissen war. Sie blutete.

„Lyn, mach endlich das verdammte Schiff startklar", schrie Mark, der an uns vorbeistürmte, ungeachtet ihrer Verletzung. „Ray, zum Tor!"

„Die Bots haben die Oberfläche des Raumschiffes noch nicht zu Ende bearbeitet", rief uns Lyn hinterher.

„Dafür gibt es keine Zeit mehr! Wir müssen los!"

Lyn stützte ihren Arm und drehte uns den Rücken zu.

Verdammt, ich sollte bei ihr bleiben!

„Schneller!", drängte Mark.

Am liebsten hätte ich ihn angeschrien, weil er seiner Schwester gegenüber so rücksichtslos war. „Wenigstens haben die Schweißnähte gehalten", sagte ich mit einem Anflug von witziger Ironie.

„Jetzt ist keine Zeit für dumme Sprüche", erwiderte Mark schroff.

Einige Container hatten der Explosion standgehalten und versperrten den Durchgang wenigstens so weit, dass der Feind nicht ohne Weiteres durchbrechen konnte. Vielleicht verschaffte uns das die Zeit, die wir noch zur Flucht benötigten.

„Mark! Runter!"Ich hechte nach vorn und riss ihn zu Boden, ehe ihn der schwere Container, der durch die Luft sauste, treffen konnte. Obwohl ihm der Schrecken deutlich ins Gesicht geschrieben war, bedankte sich Mark nicht einmal für die Rettung. Unter uns erbebte der Boden, etwas Großes und Massives näherte sich auf der anderen Seite des Tors. Plötzlich durchbrach ein Koloss das Tor und fegte den tonnenschweren Schutzwall aus Stahl zur Seite, als würde er einen Papierstapel vom Tisch wischen.

Der Riese hatte einen quadratischen Brustkorb, seine mächtigen Schultern ragten über den verhältnismäßig kleinen Kopf hinaus. Arme und Beine waren mit Raketenwerfern, Lasergewehren, Kreissägen und Schneidwerkzeugen aller Art bestückt.

Auf diese Weise geschützt, traute sich nun auch das normale Kanonenfutter wieder in die Schlacht.

Mark starrte kreidebleich auf den Giganten, der gleich mehrere Soldaten auf einmal tötete, in dem er Raketen abfeuert, mit dem Lasergewehr um sich schoss, die Kreissäge ausfuhr und mehrere Klingen zum Einsatz brachte.

„Ray, wir können das Tor gegen dieses Ungetüm nicht halten. Die Soldaten müssen sich zurückziehen. Du musst uns Rückendeckung geben."

Ich zögerte nur einen Auenblick, dann packte ich einen Roboter, der vorgedrungen war und durchschlug seine Brust mit einem einzigen Faustschlag. Inzwischen war mir klar, warum ich derartige Fähigkeiten besaß.

Ich vernichtete einen Roboter nach dem anderen und geriet in einen unkontrollierten Kampfesrausch.

Mark und ein paar Soldaten holten die Verletzten aus der Kampfzone und bewegten sich immer weiter zum Raumschiff zurück. Dabei feuerten sie aus allen Rohren. Ich hatte für einen Sekundenbruchteil den Koloss aus den Augen verloren, als er mich mit seinen riesigen Klauen packte und durch die halbe Halle schleuderte. Ich landete hart auf einem Container. Unter mir spürte ich die Vertiefung, die ich durch meinen Aufprall in den Stahl geschlagen hatte. Benommen blieb ich liegen.

„Sie haben Ray erwischt", schrie einer der Soldaten. „Wir werden untergehen! Rennt um euer Leben!"

Ich sah, wie Mark einen Raketenwerfer an sich riss und auf das Monster feuerte. Die Rakete durchbrach in der kurzen Distanz die Schallmauer und schlug mit voller Wucht in den Koloss. Blaue Flammen loderten auf, dann umgab ihn dichter schwarzer Rauch.

Ich sprang auf den Boden und landete neben dem Soldaten mit dem Zigarillo.

„Na, mein Junge, ich wusste doch, dass du noch lebst." Er klopfte mir auf die Schulter. „Ich heiße übringens Carlo. Meine Freunde nennen mich Big Carlo." Er reichte mir die Hand, „Big Carlo."

Ich schlug ein, „Ray Heisenberg." Wir grinsten uns an.

„Na los! Da wartet eine fette Beute auf uns!" Big Carlo aktivierte seinen Helm auf der Exoskelett-Rüstung.

Der Rauch hatte sich etwas verzogen. Wir sahen, wie der Koloss noch immer seine Kreissäge hin- und herschwang und Raketen abfeuerte. Der Mistkerl hatte offenbar nicht einmal einen Kratzer abbekommen.

„Ray, hier rüber!", brüllte Mark.

Carlo und ich liefen zu ihm.

Wir wurden immer weiter zum Raumschiff

zurückgedrängt. Die verletzten waren in Sicherheit gebracht worden und die Toten mussten zurückgelassen werden.

Langsam öffnete sich die Schleuse in der Hallendecke. Das Raumschiff schien bereit zum Abflug zu sein. Sein Schutzschild hielt den Raketeneinschlägen offenbar stand. Die Frage war allerdings, wie lange noch? Die Neue Nation und ihr Koloss feuerten unablässig auf das Schiff. Um das Raumschiff waren notdürftig ein paar Gravity-Wände aufgestellt worden, um den Eingang zur Rampe wenigstens ein bisschen zu schützen.

Die Abflughalle füllte sich immer mehr mit Robotern, die von allen Seiten auf uns zukamen. Wir konnten noch so viele Gegner niederstrecken, es war ein Kampf wie gegen Windmühlen.

Big Carlo vergnügte sich auf seine Weise. Er zählte bei jedem Gegner, den er niedergestreckt hatte, laut mit. Dabei verlor er nicht einmal seinen Zigarillo.

Mark winkte mich hektisch zu sich.

„Meine Schwester! Die Soldaten sahen, wie sie der Neuen Nation entgegengerannt ist. Sie will kämpfen!"

„Warum hast du nicht auf sie aufgepasst!", schrie ich ihn an und sprintete los.

Die Neue Nation kam nun auch aus allen

umliegenden Gängen auf uns zu. Verzweifelt hielt ich nach Lyn Ausschau. Ich sah, wie der Koloss ein paar Container packte und quer durch die Luft schleuderte. Sie trafen auch ein paar der einfachen Roboter.

„Ich werde quetschen! Sie meins!", stieß der Koloss überraschend hervor.

Ein gellender Schrei erklang.

„Lyn!" Ich rannte auf den Koloss zu.

Sie kauerte weinend auf dem Boden und schien vor Schreck wie gelähmt.

Der Koloss hob sein massives rechtes Stahlbein hoch, um Lyn zu zertreten.

Ich rannte und wusste, dass ich sie nicht rechtzeitig erreichen könnte. Jede Millisekunde wurde zur Ewigkeit. Grenzenlose Wut brandete in mir auf, ich zwang meinem Körper, noch schneller zu werden. Ich biss die Zähne zusammen, sprang über herumliegende Blechteile und Leichen.

Die Raserei in mir gewann zunehmend die Oberhand, und ließ ungeahnte Kräfte in jeden Winkel meines Körpers strömen.

Im letzten Augenblick, bevor er Lyn traf, packte ich seinen Fuß. Dabei glühte ich förmlich, blaue Strahlen schossen aus mir heraus und umschlossen mich wie ein Schutzschild.

Der Verband löste sich von meinem Unterarm und offenbarte, was aus mir geworden war.

Der Koloss versuchte zuzutreten und zwang mich mit seiner Kraft auf die Knie.

Lyn lag wie versteinert da und fixierte meinen Arm.

Mich beherrschte nur ein Gedanke – wir mussten hier weg. Ich hatte die Schnauze endgültig voll und konzentrierte zähnefletschend meine gesamte Energie auf den Koloss. Zentimeter für Zentimeter hob ich seinen Fuß und warf ihn nach hinten. Er begrub bei seinem Einschlag nicht nur einige einfach Roboter, sondern auch etliche der Neuen Nation unter sich.

Ich nutzte den entstandenen Tumult, packte Lyn, hob sie hoch und rannte los. Sie klammerte sich an meinen Hals und sah mich ängstlich und verwirrt an.

Der Schutzschild, die mich umgab, wurde konstant schwächer, wie mir das Verblassen der blauen Strahlen verdeutlichte. Ich sah, wie die Rampe des Raumschiffs langsam hochgezogen wurde, die letzten Soldaten aufsprangen und sich ins Raumschiff zurückzogen. Der Antrieb startete und wurde immer lauter.

Ich stieß ein paar Roboter zur Seite, die sich uns in den Weg stellen wollten, sprang auf die Rampe und rollte mit Lyn in den Armen ins Raumschiff.

Mein Schild erlosch, die Rampe fuhr herein, die Türen des Raumschiffs glitten zu und die Raumfähre schoss durch die Schleuse der Erdoberfläche entgegen.

Zwei Ärzte nahmen Lyn aus meinen Armen, legten sie auf eine schwebende Trage und verschwanden mit ihr durch eine Luke. „Ich weiß nicht wie du es gegen so viele Roboter aufnehmen konntest. Wer oder was du in Wirklichkeit bist. Aber ich danke dir, dass du meine Schwester gerettet hast", sagte Mark, der zu mir getreten war. Er reichte mir seine Hand und half mir auf die Beine. Ich wandte mich halb von ihm ab, damit er meinen Arm nicht sehen konnte. „Ich habe es nicht für dich getan, sondern für Lyn."

„Ich verstehe dich, dennoch stehe ich tief in deiner Schuld."

„Wie können wir die Solaranlage der New Nation durchbrechen", lenkte ich vom Thema ab.

„Wir fliegen einfach durch."

Ich ging zu einem großen Fenster und beobachtete, wie die Solaranlage rasend schnell näher kam.

„Schnallt euch an und haltet euch gut fest.

In wenigen Sekunden durchbrechen wir die Solaranlage!", verkündete Mark über eine Sprechanlage.

Ich schnallte mich an einem der Stehplätze neben der Scheibe an und schaute gespannt hinaus.

Mark zählte den Countdown, während der Antrieb des Raumschiffs lauter wurde und das Schild intensiver pulsierte. „Maximale Geschwindigkeit!", befahl Mark. „Three … two … one … zero."

Das Raumschiff durchbrach die dicke Solaranlage. Die Halteriemen drückten sich tief in meinen Körper. Ich hatte das Gefühl, jeden Moment das Bewusstsein zu verlieren.

„Geschwindigkeit verringern!", hörte ich wenig später Mark wie aus weiter Ferne.

Plötzlich war aller Druck verschwunden – das Raumschiff glitt sanft durch den interplanetarischen Raum.

Ich blickte wieder hinaus und sah die Erde, die von der Solaranlage dunkel umhüllt wurde, und deren Ozeane grünlich schimmerten.

Als ich mich im Schiff umsah, bemerkte ich, dass die Soldaten ohnmächtig geworden waren und Mark vermutlich zu seiner Schwester gegangen war. Also betrachtete ich meinen Arm genauer. Ich strich über das mir unbekannte durchschimmernde Material. Mit jeder Bewegung meiner Finger, reagierten feine Fasern und durchsichtige Kabel, die netzartig miteinander verbunden waren und offenbar keinen Freiraum für Fehler zuließen.

Vater! Was zum Teufel bin ich?

30237721R00081

Printed in Great Britain
by Amazon